COLLECTION FOLIO

Abigail Assor

Aussi riche que le roi

Gallimard

Abigail Assor est née en 1990 à Casablanca. *Aussi riche que le roi* est son premier roman.

I

Un garçon lui avait dit qu'ailleurs, très loin, il y avait des sables doux comme du velours et blancs comme des nuages, et il avait parlé des coquillages et de l'odeur du sel, et d'une musique du bruit des vagues ; elle ne l'avait pas cru. Les petits des Carrières Centrales, ils te racontaient toujours des histoires pour t'ensorceler, ces salopards. Ici sous elle, le sable était jaune et gris ; il sentait les cigarettes qu'on y avait écrasées et il pouvait lui couper la peau si elle s'y frottait. C'était dégoûtant, mais c'était comme ça, le sable de Casablanca. Au moins c'était un sable vrai.

Cela faisait peut-être trois heures qu'on dormait au soleil. Le soleil de Casablanca, lui, il te déçoit jamais – chaque fois, c'est la noyade, il t'enrobe, te roule, te fond tout entier. Là tous ensemble, on allait peut-être mourir tellement on fondait, on allait finir par disparaître, devenir tour à tour des gouttes visqueuses de graisse, et quand nos parents nous chercheraient, en passant voir à la plage 56, ils ne verraient rien qu'une grosse flaque trouble et verdâtre, ils ne sauraient pas que la flaque, c'est nos corps fondus. Enfin, peut-être que les autres, les parents ne les chercheraient même pas, parce que, eux, ils avaient tout de même vingt-trois ans. Mais sa mère à elle, elle la chercherait, c'est sûr.

Elle ne savait plus où commençaient et finissaient les corps, où se situaient les limites de sa peau ; il y avait les jambes chaudes et ronflantes et tous les grains du sable, un peu de la serviette rugueuse, et son nez quelque part dans un bras. On somnole, et les ballons de foot qui bondissent dans l'eau et éclaboussent tout le monde, les éclats de voix de gosses des rues, les klaxons des voitures qui crient sur l'avenue derrière, ça ne change rien – ce sont les bruits de la vie, ça nous rappelle qu'on n'est pas morts, disait souvent Yaya.

Finalement, on se délia doucement. De la masse informe se détachèrent par fils les corps, les uns après les autres ; c'était comme une danse, une danse moderne de France – pas une danse d'ici. Les garçons avaient pris leurs jambes entre leurs bras et les filles s'étaient étendues sur le ventre, les jambes pliées pour se sentir lolitas. Sarah, elle, n'allait pas faire le pitre comme ça. Elle s'assit avec les garçons. On discutait un peu, on buvait de l'eau Sidi Ali, on disait : elle est acide, la Sidi Ali. Yaya lançait des pierres dans l'Atlantique, il disait qu'un jour, sans faire exprès, il tuerait une mouette, mais que ce serait la faute de la mouette, puisqu'elle devrait savoir que Yaya, tous les jours, il lançait des pierres dans l'Atlantique à cet exact endroit. Il avait raison, pensait Sarah. Ce qui était énervant, c'était que Driss ne la regardait pas. Il faisait comme il y a six mois, le salaud, comme à l'époque où rien de toute cette sale histoire n'avait encore commencé. Pourtant, tous les garçons la regardaient toujours, même les plus fâchés ; même après ses pires mensonges, ils continuaient à la regarder. Le gars de La Notte, quand il avait découvert qu'elle n'avait que seize ans, il avait continué à la regarder – il la regardait encore plus. Mais Driss était là avec son carnet à écrire des conneries et à foutre du sable partout, à faire comme s'il s'en fichait d'elle. Il n'était pas très beau, de toute façon. Franchement laid, même.

« Putain, mais il va pas arrêter le gosse, là ? »

C'était Chirine qui avait parlé, encore allongée sur son ventre façon actrice américaine. Un petit des rues essayait de lui vendre des cigarettes au détail ou des chewing-gums Flash Wondermint. Parfois, ils se faisaient insistants, les petits des rues. Ils te disaient : Flash Wondermint, allez s'il vous plaît madame, Flash Wondermint, s'il vous plaît. Ils faisaient exprès de parler en français parce que ça faisait bien élevé.

« Qu'est-ce qu'il y a, Chirine ? dit Alain.

— Ça fait dix fois qu'il me demande, le gosse.

— Il t'embête ?

— Ouais, ça fait dix fois. »

Alors Alain se leva, comme il savait bien faire, et il alla vers le petit. C'était un petit de même pas quatorze ans, tout maigre, avec des taches sur sa peau marron.

« Comment tu t'appelles, petit ? demanda Alain, en arabe.

— Abdellah.

— Abdellah. Abdellah, ça fait dix fois que ma copine te dit de partir. Alors tu nous laisses tranquilles, d'accord ?

— Mais monsieur, juste une cigarette, monsieur, une seule, s'il te plaît.

— Tu vois comme il est impossible, cracha Chirine, en français.

— Alors un chewing-gum monsieur, s'il te plaît. »

Alain donna gentiment une tape dans le dos du gosse et l'engagea à s'en aller en lui montrant la rue. Mais le gosse ne partait pas. Il avait planté ses baskets trouées dans le sable, il était raide, il était guerrier, prêt à se battre. Il continuait à dire : une cigarette, s'il te plaît monsieur, une cigarette, avec une voix suppliante ; mais dans ses yeux il n'y avait rien de suppliant. Dans ses yeux, il y avait le combat.

« Vas-y, ignore-le », dit Chirine, mais elle n'eut pas le temps de terminer sa phrase. Dans l'air, il y eut un projectile, rapide et violent, qui toucha le petit au bras ; alors le petit eut peur et se mit à courir. C'était Badr. Il lui avait lancé sa chaussure. « Bon débarras », dit-il.

On retourna à l'indolence, aux peaux suantes qui se collaient. On dormit encore un petit peu, on rit. Quelques heures plus tard, le soleil déclina, alors on rentra. Sarah enfila sa robe et ses claquettes et ils marchèrent tous vers la grande avenue où hurlaient les moteurs, les marchands de maïs. On s'embrassa et, au moment d'embrasser Driss, elle fit l'effort d'un baiser lent sur sa joue qui dirait quelque chose, qui ferait qu'il comprendrait. Ça ne marcha pas. À la seconde où elle avait fini de presser ses lèvres, il se tourna vers le boulevard sans un mot, les yeux rivés au sol, et il marcha vers le parking du McDonald's. C'était là qu'il avait garé sa moto.

Les autres aussi s'en allèrent, chacun vers un point cardinal. Sarah, elle, fit mine de se diriger vers le nord, vers Anfa Supérieur, là où les belles villas ronflaient, mais très vite elle mit le cap sur Casa Est, vers le quartier de Hay Mohammadi. Elle marcha près d'une heure et, lorsqu'elle atteignit la maison, il faisait nuit noire.

C'était un ensemble de briques qui tombait en ruine et il n'y avait jamais eu l'eau chaude. Comme les fenêtres n'avaient ni volets ni rideaux, elle vit de dehors que les ampoules étaient éteintes, que sa mère n'était pas rentrée. Sur la droite, plus loin, il y avait le bidonville, immense derrière une grille rouillée – là-bas, les baraques étaient faites avec de vieux bidons d'essence qu'on avait aplatis, alors, partout, on voyait les noms et les couleurs des stations-service, Afriquia, Mobile, Total. Au moins, pensait Sarah, chez elle, c'étaient des briques, et même si c'étaient pas des briques du tonnerre et que c'était humide, c'était déjà franchement pas mal ; sa mère disait toujours que, tant qu'on n'avait pas passé la grille, on n'avait pas passé la grille. Elle allait pousser la porte lorsqu'elle entendit la voix – elle était certaine qu'il serait là, le petit salopard.

« Sarah ! Sarah ! » Sans se retourner, elle lui dit en arabe : « Désolée mais franchement tu le méritais. » Il eut un petit rire. De l'autre côté de la grille, comme un singe, Abdellah se tenait en équilibre sur les fils de fer. « Tu crois que t'es mieux que nous, Lalla Sarah, parce que tu traînes avec les riches ? »

Il la lui ressortait tout le temps, cette histoire de riches. Ça le faisait rire de l'appeler *Lalla*, parce que c'était un titre de noblesse et qu'il pensait qu'elle se prenait pour une reine. Mais un jour, elle le savait, on l'appellerait vraiment Lalla, et le petit Arabe, il serait toujours dans son bidonville.

« Bien sûr que je suis mieux que vous. Je suis une Française, moi. On n'est pas de la même race, connard. »

Elle entrait dans la maison au moment de l'insulte, mais elle eut tout de même le temps d'entendre distinctement Abdellah siffler : « On est exactement de la même race. »

2

Six mois plus tôt

C'était une manie qu'il avait, Driss, de ne pas regarder les filles. Déjà, lorsqu'elle l'avait vu pour la première fois, au tout début de l'année 1994, ses yeux à lui avaient glissé sur elle. Comme si elle avait été un courant d'air – rien en lui n'alla à sa rencontre. Soudain ce fut à nouveau elle, petite fille au cinéma Lynx de l'avenue Mers Sultan, où elle se faufilait souvent, serpent. Tout entière alors elle se plongeait dans les pupilles tempête des stars égyptiennes ; et les beaux yeux du Caire, fixant l'écran pourtant, ne lui rendaient rien. Eux aussi glissaient sur elle.

Ce jour-là, six mois avant la plage 56 et tout le tintamarre, elle était avec Kamil au Campus, le café qui faisait face au bâtiment K du lycée, celui qui accueillait les jolies filles et les garçons à veste en cuir – celui des personnes bien. À quelques mètres, il y avait aussi le café-billard qu'elle fréquentait parfois. On pouvait y fumer ce qu'on voulait et apporter les sandwichs au thon et à la sauce tomate qu'on achetait à crédit chez Moustache, le vieux de l'épicerie de la rue d'à côté. Mais à Kamil, elle n'aurait jamais avoué qu'elle était déjà allée au café-billard. Il lui avait un peu tenu la porte quand ils étaient entrés, et elle avait entendu dire qu'il travaillait dans les télécoms avec son père. Ça voulait dire ce que ça voulait dire.

Il n'était pas laid, Kamil, pas beau non plus, ce qui lui était agréable. Elle se disait parfois qu'il en faisait des tonnes avec sa voiture et sa baraque des beaux quartiers où tout le monde allait jouer aux cartes le soir; mais pour un garçon de son genre, il y avait franchement pire. Derrière le café noir et le banana split, il la regardait. Son air était si ébahi qu'elle sentait battre vers lui chaque trait de son visage. Le nez long et droit, il était vu par lui, aimé par lui, et pareil pour la peau brune et les yeux de princesse qui s'étiraient aux tempes. Tout, il aimait, tout, il voulait posséder. Alors c'était la troisième fois qu'il l'amenait au café. Sarah avait appris une technique l'année précédente: celle d'attendre avant de se déshabiller. Ça fonctionnait bien. C'était bête, un garçon, ça vous payait café sur café pendant des semaines pour ce résultat. Et parfois même encore après, quand ça croit être amoureux. Kamil, c'était le pire, il ne l'avait même pas encore embrassée; elle trouvait que c'était drôlement gentil.

Il parlait beaucoup. Il disait : ma villa à Dar Bouazza, cinq chambres, six salles de bains, je t'emmènerai, tu sais, enfin, si tu veux bien. Il disait : à Casa, c'est vrai qu'on est pas mal, mais en fait, ce que je voudrais voir, moi, c'est l'Amérique, de l'autre côté de l'Atlantique. Tu te rends compte, quand on est plage 56, qu'à l'autre bout de l'océan, c'est l'Amérique ? Quand j'irai, je t'emmènerai, mais non, pourquoi tu ris, je suis sérieux, je te dis.

Sarah riait pourtant. Elle ne doutait pas du sérieux de sa fougue. Elle riait car soudain il lui sembla très beau, et elle belle encore plus avec lui, là-bas à l'autre bout de l'eau. Elle aurait un chapeau vaste et vert, et lui une moustache, ils marcheraient ainsi, seigneurs, dans un port au milieu d'une foule qui se presse devant les bateaux. De folie et de nerfs, elle riait de ces beautés américaines, parce qu'elles étaient interdites tellement elles étaient belles. Kamil s'arrêtait de parler devant la petite moqueuse, mais Sarah lui disait : non, dis-moi encore.

Alors qu'il racontait la moiteur d'un cabaret de New York, il s'interrompit. « Hé, mon pote ! » Derrière Sarah, il avait vu quelqu'un ; elle se retourna. Encadré par la porte, un jeune homme retirait son casque ; il avait les jambes courtes et le ventre dodu. Aux mots de Kamil, il sourit, et les petites dents de rongeur apparurent, écrasées sous l'épaisse gencive, et l'épaisse gencive pliait sous l'ombre du nez, qui était crochu et pointait vers le sol. Franchement laid, oui ; Driss s'avança vers eux.

« Ça fait un bail, Driss ! Il te fait bosser comme un fou, ton père ?

— Pas mal, pas mal… Et toi alors ? »

Kamil bavarda encore sur les télécoms et l'Amérique ; ce fut à ce moment-là que Sarah vit les yeux. Ils étaient minuscules mais ils étaient verts, et d'un vert pas commode, un vert du dehors, de la nature, des feuilles de thym du Haut Atlas, qui n'avait rien à faire dans les yeux de qui que ce soit – et ce vert-là glissa sur elle. Driss ne la regarda pas.

Il tournait déjà les talons pour rejoindre sa moto, de sa démarche de canard qui lui faisait tressauter le ventre, lorsque Kamil souffla : « Ce mec, c'est le plus riche des riches. Plus riche que nous tous. Peut-être aussi riche que le roi. Mais tu vois, malgré ça, c'est un bon gars. »

Ça avait commencé comme ça : parce que Driss était riche. Plus riche qu'eux tous, et autant que le roi, plus riche que Kamil et la villa à Dar Bouazza. Mais aussi peut-être parce que, dans ses yeux verts minuscules, il y avait le thym, et aussi le laurier, dont elle avait vu les feuilles fondre tant de fois, quand elle était enfant, dans les tajines de bœuf que préparait Loubna. Loubna, c'était la *jeune fille* de sa copine Séverine, chez qui, toute l'année de CM2, elle était allée manger le mercredi. Au lieu de dire *bonne*, Séverine disait *jeune fille* – parce qu'elle était polie et qu'elle était française. Et Sarah, la bouche pleine et les dents sales, disait : moi aussi, chez moi, il y a une Loubna, avec des feuilles de thym, du bœuf et des olives, et des marmites en terre cuite, comme toi. Il y a aussi de l'or et des couronnes, des diamants sur le sol, et on trébuche sur eux, dans ma grande villa, comme ici, comme toi. Ce n'était pas grave si Séverine ne la croyait pas.

Oui, le thym avait dû avoir sa part de responsabilité, dans toute cette histoire. Plus tard, Sarah avait pensé que s'il n'y avait pas eu les yeux, et avec eux le tajine, Séverine, le CM2, elle n'aurait pas été aussi loin ; elle en aurait choisi un autre, de riche, peut-être un peu moins riche, mais assez riche quand même. En tout cas, après la rencontre, elle avait vu partout les yeux de thym. Déjà au café, le visage de Kamil avait pâli, grandi et roulé sur lui-même, jusqu'à devenir celui de Driss, avec son nez crochu, ses gencives, ses dents de rongeur, et les yeux. Alors c'était comme si c'était à Driss qu'elle avait parlé au Campus autour d'un banana split. Quand, quelques jours plus tard, Kamil lui avait payé le cinéma, c'était la main de Driss qu'elle avait vue ouvrir le scratch du portefeuille, puis cette même main qu'elle avait sentie serrer la sienne devant Amina Rachid se faisant sermonner, sur le grand écran, pour avoir ouvert la porte au livreur de moutons alors que les manches de sa djellaba étaient retroussées. Kamil suçait une glace à l'eau et se marrait en entendant les cris du mari – *Même au livreur, tu te montres nue comme ça, et je suis qui, moi, le quatrième mouton ?* – et c'était encore Driss riant que Sarah entendait dans l'obscurité. C'était comme si c'était avec Driss qu'elle avait joué aux cartes dans la villa de Dar Bouazza la semaine suivante, et comme si c'était avec Driss enfin qu'elle avait fait l'amour, priant pour que cet amour-là ne sonne pas la fin des cafés au Campus, du cinéma, de la villa à Dar Bouazza. Quand elle était en troisième, Sarah faisait l'amour tout de suite pour se faire payer des paninis, mais les mecs finissaient toujours par lui cracher à la gueule quelques jours plus tard avec leurs copains dans les couloirs du collège en la traitant de pute, et ils ne lui payaient plus jamais rien. Les filles aussi disaient, d'un air dégoûté : elle est plus vierge, la Française, c'est la *hchouma*. Sarah s'en fichait parce qu'il y en avait des tas d'autres, de gars riches, à Casa, et des tas de paninis – mais il lui était arrivé plusieurs fois que certains n'achètent même pas le panini, et ça, c'était horrible. Elle avait retenu la leçon. Depuis la seconde, elle avait changé de cible : seulement des gars plus vieux qui n'étaient plus au lycée, minimum dix-neuf ans et une voiture de luxe. Avec eux, elle jouait les timides amoureuses, comme les autres filles ; si elle faisait l'amour, elle disait toujours que c'était la première fois. Ça marchait mieux – après la nuit passée chez lui, Kamil n'avait pas cessé de venir la chercher à la sortie du lycée et de lui payer des déjeuners. Dans sa Porsche décapotable, il lui disait qu'il l'aimait, elle lui tenait la main – cette main sentait un peu le thym.

On disait que le père de Driss avait une Rolls-Royce. Depuis la rencontre, elle gravait son prénom avec la pointe de son stylo sur les tables en bois du lycée. À la maison aussi, elle regardait au loin par la fenêtre – elle ne voyait pas le linge qui volait ou les petits garçons qui sniffaient de la colle. Elle voyait le mouvement, pour la millième fois, des jambes courtes de Driss enfourchant la moto. Plus riche qu'eux tous, aussi riche que le roi ; et elle, sur sa tête bouclée, ne posait pas un casque, mais la couronne d'une reine, aussi riche que la reine.

3

Ce qui était bien quand on habitait collé au bidonville des Carrières Centrales, mais pas à l'intérieur, c'était qu'on était un pas plus proche de l'Ouest, d'Anfa Supérieur et donc de l'Amérique. Même si ce n'était qu'un grillage d'écart, on était déjà dehors, alors c'était comme si on s'en était déjà presque sorti. Quand Sarah voyait Abdellah qui arrivait du centre-ville, portant quinze litres de bidons d'eau plus gros que lui, elle se pressait dans la petite cuisine, lavait l'un des deux verres et le remplissait d'eau courante. Puis elle revenait l'air de rien s'asseoir devant la porte en croisant les jambes et faisait semblant de bronzer les yeux clos, son verre d'eau à la main. Abdellah s'approchait du grillage, haletant – à ce stade, il traînait les bidons derrière lui –, et, en l'entendant, Sarah ouvrait les yeux et en même temps la bouche, dans sa plus belle exclamation de surprise :

« Oh, salut Abdellah ! Il fait chaud, aujourd'hui, hein ? »

Puis, penchant la tête et battant des cils, elle lui offrait son plus large sourire d'Américaine, et prenait une gorgée dans son verre. « Il fait chaud aujourd'hui, hein ? », c'était une phrase que disaient les acteurs dans les *telenovelas* qui passaient en boucle au café-billard, et elle trouvait que ça faisait vraiment bien. Elle la répétait souvent devant le miroir des toilettes des filles au lycée, avec des intonations différentes, et quelquefois avec l'accent anglais, en s'épongeant le front avec la serviette tachée qui séchait toutes les mains mais que personne n'avait jamais lavée. Parfois, d'autres filles l'observaient en pouffant, mais Sarah s'en fichait. Il fait chaud aujourd'hui, hein, Abdellah ? En réalité, il ne faisait pas si chaud que ça. Abdellah la regardait à peine à travers la grille et tirait les bidons un à un vers sa porte. Sarah continuait à siroter son eau par petites gorgées. Elle attendait qu'Abdellah soit bien rentré chez lui pour tout cracher par terre ; fallait tout de même pas la boire pour de vrai, cette eau dégueulasse.

C'était un vrai petit salopard, Abdellah, même s'il était gentil. Il méritait bien qu'elle lui fasse des comédies comme ça. Une fois il lui avait dit : Lalla Sarah, t'es de l'autre côté de la grille et tu crois que t'es dehors ? Peut-être que c'est nous qui sommes dehors, et que toi, en fait, t'es dedans. Ça, c'était une vraie remarque de salopard, qui vous reste sous la peau et derrière les ongles comme de la crasse. Depuis, la nuit, elle rêvait souvent d'une étendue de sable dans laquelle elle nageait et d'un grillage sur sa bouche ; il laissait se répandre des rafales de sable dans sa gorge étouffée, et elle tentait de crier, et le sable était dedans, et il était aussi dehors. Quelque part, elle entendait le bruit de l'eau courante.

Mais une semaine après le café où elle avait vu Driss, il se passa quelque chose – quelque chose qui avait à voir avec les yeux, et précisément avec ceux qui ont la couleur du thym et qui glissent sur les filles. Alors Sarah sut que plus jamais de ses nuits elle ne referait ce rêve, et que l'eau qu'elle boirait, bientôt, serait uniquement celle des bouteilles Sidi Ali, et qu'un jour, de cette eau, elle se ferait des bains dans une baignoire en marbre clair qui la contiendrait cent fois, qui donnerait sur un jardin. Elle attendait Kamil dans la décapotable devant sa villa à Anfa Supérieur – et soudain, elle avait entendu une moto rugir.

Elle avait tourné la tête ; c'était Driss, derrière, qui lançait des regards à la plaque de la bagnole, puis à la villa. Cet idiot mettait du temps à réaliser qu'elle était là, elle, côté passager. Quand il la vit enfin, il releva la visière de son casque, et de sa voix aiguë et tremblante, il cria :

« C'est chez Kamil ici ?

— Ouais, répondit-elle.

— Dis-lui que Driss lui passe le bonjour », et il redémarra la moto.

Il s'en alla. Mais ce n'était pas grave ; ses yeux de thym et de laurier l'avaient vue, cette fois. Depuis le jour du café Campus, elle ne pensait qu'à lui, et à elle, une fois à ses côtés, tous deux hissés sur des plateaux de cuivre tenus à bout de bras par leurs serviteurs sous la nuit noire, dansant l'un en face de l'autre au rythme des chants arabes de mariage et des cris idolâtres des invités, les éclaboussant de la lumière des fils d'or sur son caftan à elle, de celle des rubis sur son diadème. Une fois descendue du plateau, une bonne, maquillée pour l'occasion, viendrait lui éponger le front ; Sarah ne la remercierait pas.

Un matin, au lieu d'aller au lycée, elle avait marché jusqu'au petit chemin à l'autre bout d'Anfa, rue de la Méditerranée – il était bordé d'hibiscus et de grandes ciguës, et les arbres penchaient les uns vers les autres jusqu'à se toucher, et en se touchant, créaient un dais nuptial sous lequel elle avait marché, lentement, hors de vue. Les jours suivants, elle avait fait la liste des Rolex qu'il lui offrirait – toutes celles que portait Kamil – et inventé les prénoms de ses futurs jardiniers, qu'elle engagerait et renverrait comme bon lui semblerait, en un claquement de doigts. Ils se battraient pour travailler chez elle tant elle les paierait cher. Et voilà qu'enfin, un jour de janvier où il faisait chaud, un peu avant midi, devant chez Kamil, les yeux de Driss s'étaient élancés vers elle, n'avaient pas glissé. Et Sarah savait que les garçons qui la voyaient ne pouvaient plus détourner leurs yeux d'elle, après.

Alors elle eut envie d'aller jusqu'au grillage, d'appeler Abdellah et de lui dire : Abdellah, je m'en fiche, si être dedans, c'est être entre les hibiscus dans les buissons d'Anfa, en buvant sans cracher de l'eau Sidi Ali, en mettant à la porte des jardiniers moins pauvres que toi, alors je m'en fiche, je m'en fiche d'être dedans.

4

Au début, elle s'était imaginé qu'en sortant un peu plus longtemps avec Kamil, elle allait finir par le revoir. Ça n'avait pas été le cas. Kamil voulait toujours la voir seule, cet imbécile. Il disait : on pourrait refaire un tour dans ma voiture, si tu veux. Ou il disait : on pourrait fumer quelque chose tous les deux, sur le toit de ma villa. Alors ils roulaient à pleine vitesse sur la route d'Azemmour, ou ils s'endormaient au soleil au-dessus de Casa, entre le linge étendu et les grosses paraboles. Ils se réveillaient au chant du muezzin pour la prière du soir, quand tous les toits blancs sont déjà orange à cause du soleil qui goutte sur eux. En vrai, ce n'était pas si mal ; mais ce n'était pas comme ça qu'elle allait revoir Driss. Le problème, c'est qu'elle ne pouvait pas faire comprendre à Kamil qu'elle voulait voir du monde ; un garçon, on ne peut lui demander qu'un certain type de choses à un certain moment, sinon ça panique. Sarah savait comment ça marchait. Au début, il faut demander des choses très simples. Par exemple, dire qu'on a envie de manger des sardines, même si, en réalité, on n'a pas tellement envie de manger des sardines. Avoir des exigences, ça fait tout de suite fille de valeur, et puis des sardines, c'est facile à trouver. Ce qu'il se passe ensuite, c'est que le garçon vous emmène manger des sardines, ce qui le rend très content de lui. Et quand les garçons sont contents d'eux, ils en sont complètement remués, ils se mettent à tout mélanger et ils pensent que tout ça, ça s'appelle l'amour. Bref, ce n'était pas très compliqué. Après un temps, on peut passer à un autre niveau de réclamation, comme *je voudrais ce flacon de parfum* ou *je voudrais voir du monde*. Il valait donc mieux ne pas brusquer Kamil, le laisser payer tranquillement pour des sardines et du Coca-Cola, et l'embrasser de temps en temps en échange. Pour revoir Driss, elle avait eu une autre stratégie – elle était allée parler à Yaya.

Yaya connaissait tout le monde et il n'avait pas d'âge. On ne savait pas très bien ce qu'il faisait, mais on savait qu'on pouvait le trouver aux alentours du lycée, souvent au café-billard, table du fond, en train de manger des boîtes de thon à l'huile. Il disait que, dans ses veines, il y avait l'huile du thon, et qu'il fallait qu'il en mange des boîtes et des boîtes pour rester en vie. Mais c'était sûrement n'importe quoi. Au milieu d'une après-midi, elle avait poussé la porte du café-billard ; il était là, comme d'habitude, au fond, en train de mastiquer. Elle était allée s'asseoir en face de lui.

« Salut. Je m'appelle Sarah. »

Il faisait comme s'il ne la voyait pas ; mais elle savait bien qu'il finirait par la regarder. Tous les garçons finissaient par la regarder, et Yaya, même si on avait tendance à l'oublier, ça restait un garçon.

« J'ai un truc à demander.

— Non. »

Il avait dit non comme ça, sans même lever les yeux de sa boîte de thon, avec la bouche luisante d'huile. Ça sentait le thon dans tout le café à cause de lui, mais aussi la cigarette, l'herbe et les eaux de Cologne dont s'aspergeaient les petits mecs de terminale.

« Pourquoi non ?

— T'as rien, toi, la petite Française. Tu peux rien me donner. »

Qu'il lui balance à la gueule de la vérité comme ça, ça l'avait contrariée. Mais l'assurance dans la voix de Yaya lui avait ôté l'envie de mentir.

« Comment tu sais que j'ai rien ?

— Je sais tout. »

Il avait levé la tête en répondant ça, et il l'avait regardée avec une telle intensité qu'elle s'était dit qu'il pouvait peut-être vraiment tout savoir d'elle, la mosaïque miteuse au-dessus du lavabo dans sa maison, le carrelage, sa mère, chacun des paninis qu'elle avait gagnés et même ce qui coulait dans ses veines – peut-être que c'était vrai, ce truc de l'huile du thon. Il avait dû voir son air vexé, ou en être séduit, car tout de suite après il avait soupiré :

« Bon allez, qu'est-ce que tu veux ?

— Driss. »

Il avait craché l'huile quand elle avait dit ça – elle lui était sortie par le nez.

« Driss ? Le riche sur sa moto ?

— Ouais.

— Avec la tête que t'as et les fesses que t'as, c'est Driss que tu veux ?

— Ouais. »

Pendant quelques secondes, il n'avait rien dit. Il s'essuyait les lèvres avec sa manche, puis il piquait de ses doigts les miettes de thon qu'il venait de cracher, une à une, et les remettait dans sa bouche. Et il avait encore soupiré :

« Tu dois vraiment être pauvre, petite. »

5

Yaya, on le voyait au café-billard, mais aussi souvent sur le trottoir de la rue Al Kabir, à côté du lycée. Chaque fois, il était accroupi juste entre le feu rouge et le snack Jus Ziraoui. Il avait les coudes posés sur les genoux, et il fumait en chantonnant des airs ringards de Tunisie. Il disait que sa mère était tunisienne, et que c'était la chanson qu'elle lui chantait là-bas, quand il était petit et heureux. Il disait qu'il y retournerait un jour, très bientôt, l'année prochaine pour sûr – parce que, de toutes les façons, Sidi Bou Saïd, c'était bien mieux que ce trottoir pourri, bien mieux que le café-billard, les bagnoles, la pollution ; qu'à Sidi Bou Saïd il retrouverait la place avec les orangers, les citronniers tout le long des chemins, et aussi les guitares, les castagnettes, les robes blanches, et des filles. Ça faisait mille ans qu'il racontait ça – mais, pour l'instant, il n'y était pas encore retourné. Parfois, Yaya niait tout, toutes ces histoires de Tunisie, et il jurait sur la tombe du Prophète que, ce qu'il chantait, ce n'étaient pas des airs de Sidi Bou Saïd, mais des sourates du Coran ; qu'il les connaissait par son grand-père qui était allé à La Mecque, et qu'un jour il arrêterait les conneries et qu'il irait à La Mecque, lui aussi. À d'autres personnes, il racontait que c'était son père qui était tunisien – un riche marchand de Hammamet. À Chirine, il avait confié une fois que sa mère était actrice à Constantine. Enfin, c'était compliqué.

Souvent, un peu avant le Ramadan, il disparaissait. On mettait du temps à remarquer que c'était vide, aux endroits de Yaya – qu'il n'y avait personne sur le trottoir et qu'il n'y avait plus d'huile sur sa table. On se disait qu'il devait être quelque part dans le coin, un peu comme la lune quand on ne l'aperçoit pas. C'était rassurant. Puis petit à petit on commençait à demander : tu l'as vu récemment, Yaya ? Après deux ou trois semaines, on concluait qu'il était retourné en Tunisie, comme il avait dit. Après tout, il devait aussi y avoir la lune, en Tunisie. Il finissait par revenir ; quand on lui demandait où il était passé, il disait : mais je suis jamais parti.

Sarah s'attendait à ce qu'il lui fasse ce coup-là – lui promettre Driss et décamper illico. Pourtant, le lendemain de leur entrevue au café-billard, il était bien présent au rendez-vous devant Jus Ziraoui. De loin, Sarah le voyait accroupi et marmonnant quelque chose sous sa casquette rouge – sûrement une sourate coranique de Sidi Bou Saïd.

Elle allait s'asseoir près de lui lorsqu'il se leva.

« Qu'est-ce que tu fous ?

— Je m'asseyais. »

Yaya balança la tête d'un air affligé.

« Tu crois que tu peux t'asseoir sur mon trottoir comme ça ? »

Puis, il passa son bras maigre autour de l'épaule de Sarah et l'entraîna vers l'intérieur de Jus Ziraoui.

Elle y était allée plusieurs fois avec Kamil, même s'il détestait l'endroit. Il lui disait que c'étaient les jus les plus dégoûtants de Casa et que, si elle voulait un jus, il pouvait demander à sa bonne de lui en faire un, et qu'il serait meilleur. Mais Sarah trépignait à chaque fois qu'elle se retrouvait devant le grand comptoir, face aux fruits, aux barres chocolatées, aux briques de lait et au mixeur qui dégoulinait. Kamil payait pour elle cinq dirhams ; sa folie commençait. Elle pointait du doigt les fruits en en scandant les noms : orange ! banane ! dattes ! avocat ! Elle ajoutait des morceaux de gâteau Merendina, des biscuits Henry's, du lait entier ou du miel. Le garçon en face mixait tout en lui faisant des blagues ; parfois, avec son coude, il tuait un cafard. Le jus en main, Sarah s'élançait vers la table près du mur. Kamil avait l'air si écœuré qu'il gardait les bras croisés pour éviter de toucher quelque chose pendant qu'elle buvait. Les deux coudes sur la table, elle aspirait fort à la paille ; la mixture épaisse montait tout doucement. Kamil lui demandait : ça te dérange pas, les fourmis sur le verre ? Ça ne la dérangeait pas. À la fin, elle avait envie de vomir, mais elle en demandait un autre.

« Tu veux quoi ? dit Yaya.

— Rien. »

Devant Sarah, il y avait les bananes, les sablés, les pastèques, la crème fraîche, et, dans sa tête, tous leurs mariages.

« Rien, t'es sûre ?

— Ouais. »

Yaya haussa les épaules et demanda un orange-fraise-banane-miel-citron-cannelle. Pendant que ça mixait, il la scrutait.

« Je te le paie, si tu veux. »

Quelques minutes après, ils buvaient leur jus sur les tabourets près du mur. Elle avait demandé qu'on lui mixe des bonbons Tofita pour la première fois, et ils craquaient sous ses dents.

« Bon. Je te prends avec moi chaque fois que je livre à sa bande. Mais après, pour lui, ce sera à toi de faire le travail.

— D'accord », dit Sarah en penchant la tête en arrière, buvant les dernières gouttes directement au verre.

Yaya la regardait d'un air amusé.

« Tu veux quoi de Driss ? Des tours à moto ? »

Sarah reposa son verre.

« Je m'en fous de sa moto.

— Des bijoux ? C'est pas le genre à offrir des bijoux.

— Je veux pas de bijoux. »

Avec son verre vide, elle tua une fourmi qui se promenait sur la table.

« Tu veux quoi, alors ? »

Sarah regarda le cadavre de l'insecte dans le fond du verre ; il faisait une toute petite tache, qu'on remarquait à peine sous les restes de fruits. À part la meurtrière, personne ne se douterait jamais du crime – ça la fit rire. Toujours les yeux sur la victime, elle répondit :

« Je veux l'épouser. »

Le premier rendez-vous fut fixé au soir même. On irait chez Badr – c'était soirée piscine.

6

Ils attendaient devant la grande porte mauresque qui était faite en cèdre alors que ce n'était plus la mode. À Anfa Supérieur, on ne voyait plus tellement d'entrées façon riad ou de fontaines en zellige ; maintenant, c'était du fer forgé, des baies vitrées, des villas blanches comme à Los Angeles et des chiens. Une minute plus tôt, alors qu'ils entraient dans la rue Ibnou Jabir, le labrador de la villa qui faisait l'angle avait aboyé sur leur passage. « Sale race, avait sifflé Yaya, après avoir bondi de peur. Mettre des chiens de la rue dans sa maison, putain. Ils se prennent vraiment pour des Français. »

Les deux battants furent tirés lourdement ; la petite bonne apparue devant eux s'essuya les mains sur son tablier. Bienvenue Lalla, bienvenue Sidi – elle hochait la tête en souriant. Puis elle leur fit remonter un petit chemin de pierres encastrées dans l'herbe – ils avançaient entre les palmiers, les hibiscus rouges, et Sarah comptait ses pas – un, deux, trois, dix pas, quinze pas, c'était autant que dans sa rue à Hay Mohammadi, et ce n'était même pas encore le jardin. Au bout du chemin, il y avait la piscine.

Il faisait nuit noire et, entre les lampes disposées tout autour, elle jaillissait, bleue comme le ciel de vingt heures au printemps pendant le mois du Ramadan, quand le soleil vient tout juste de disparaître, qu'il n'y a pas d'étoiles, et que les gens sont chez eux pour la rupture du jeûne devant la table garnie du *ftour*. Tous les jours du Ramadan, chaque année, le soir, elle courait du bidonville à la Corniche et, depuis la Corniche, elle marchait jusqu'au Sun. C'était un club payant, et chaque fois qu'elle avait essayé d'y aller en journée, le vigile lui avait lancé sa chaussure au visage. Mais à l'heure du *ftour*, quand il n'y avait personne, elle sautait par-dessus la rambarde, descendait les escaliers en terre, dépassait le restaurant et atteignait les transats qui faisaient face à la mer. Ils étaient empilés les uns sur les autres. Alors elle retirait ses sandales et les escaladait. Arrivée tout en haut, elle s'asseyait en tailleur et dominait la mer. Puis elle s'allongeait, reine, devant le bleu roi du ciel qui n'existait que pour elle. Quand il devenait noir, elle se relevait. Elle sautait sur le sable, s'égratignait le genou, se foulait la cheville, remettait ses sandales et rentrait à Hay Mohammadi.

« *Ahlane*, les amis ! »

Tandis que Yaya saluait tout le monde, Sarah

voulut courir, plonger dans la piscine ciel – mais, assis sur une chaise longue, près de Badr qui jouait de la guitare, il y avait Driss. Alors elle se souvint qu'un jour, elle aussi pourrait avoir son bleu du ciel toute l'année, sans rambarde à enjamber, dans une piscine de son royaume. Elle s'installa près de Yaya sur un transat.

« Dis-moi, Yaya, dit Badr, ses doigts glissant sur les cordes de la guitare, c'est des filles que tu nous apportes maintenant ? »

Alain, à côté de lui, se mit à rire. Il buvait un whisky-Coca à grandes gorgées et, de sa main libre, il caressait les cheveux lisses de Chirine qui bâillait, la tête sur ses genoux. Driss, sur le côté, tournait le dos aux autres – il jouait seul aux cartes. « T'inquiète pas, mon pote », dit Yaya en soulevant sa casquette. Il en tira un petit baluchon en plastique et le posa sur la table. « Je t'oublie pas.

— Sers-toi un verre », proposa Badr en se levant.

Alain s'était déjà jeté sur l'herbe pour la sentir, écrasant presque le visage de Chirine – putain ! se plaignit-elle en se relevant, d'un cri aigu comme celui des mouettes qui volent au-dessus du port d'Essaouira. En dégageant les cheveux de son visage, elle croisa le regard de Sarah, et elle lui sourit. Mais Sarah s'en fichait ; c'était le dos de Driss qui l'intéressait, courbé, vibrant presque à force de battre les cartes avec acharnement, comme si la guitare de Badr, les cris de

Chirine, l'herbe de Yaya et elle étaient au bout de son monde, très loin, vers le sud, étouffés entre les dunes de Dakhla. Et puis Badr revint avec l'argent. Yaya prit Sarah par l'épaule : je me casse, je peux vous la laisser, cette petite caille ?

Badr s'immobilisa. Chirine, bouche bée, regarda Alain, qui, le joint entre les doigts, avait l'air interdit ; et Driss, entendant le silence soudain, tourna la tête vers eux. Ses yeux croisèrent alors ceux de Sarah, peut-être les reconnaissant – immédiatement, il baissa le regard.

« Allez, mes frères, continua Yaya, c'est une petite Française de seize ans, elle a rien à faire ce soir.

— Seize ans ! lança Chirine. Ils te laissent sortir comme ça, tes parents ? »

Sarah haussa les épaules avec un petit rire. « Ouais », dit-elle. Badr, la dévisageant de ses pupilles noires et rondes, lui demanda comment elle s'appelait, si elle était du lycée français – celui qu'il avait aussi fréquenté quelques années plus tôt, comme tous les Marocains friqués de Casa. « Ouais », dit-elle encore. Elle projeta, avec ses yeux, tout le charme dont elle était capable, et la candeur, et le mystère, et la beauté, tout ce qui, toute sa vie, lui avait permis d'obtenir ce que le monde avait à offrir aux autres, les paninis, les jus, les places de cinéma, les flacons de parfum. Cela fonctionna, comme chaque fois.

Tout au long de la nuit, on fuma, on dansa sur le gazon, on se poussa dans l'eau ; Sarah s'amusa beaucoup. Driss battait encore les cartes mais Badr, lui, ne cessait pas de la regarder avec ses petites billes noires. On aurait dit qu'elles étaient cousues sur ses joues rebondies, alors, quand Yaya était parti, elle avait lancé ça, comme ça, tout insolente – Badr, toi, tes yeux, on dirait qu'ils sont cousus. La formule lui était venue facilement ; elle avait passé la soirée à raccourcir une robe que sa mère était allée quémander à l'institut français – une longue robe de plage bleue qui avait dû appartenir, au mieux, à une actrice de leur théâtre, ou à une chanteuse, mais peut-être aussi à la femme du gérant du Cercle amical des Français, à celle de l'entraîneur de tennis de Mohammédia, à une étudiante qui, juste avant de quitter Casa, avait jeté ses vieilles affaires, enfin, à n'importe qui, n'importe qui pourvu – Sarah priait en cousant – qu'aucune de ces femmes n'ait été vue vêtue ainsi par qui que ce soit au lycée. Alors tout ce qu'elle récupérait, elle déchirait et elle cousait, jusqu'à ce que les courbes de l'ancienne propriétaire, les plis du tissu formés par les mouvements, l'odeur, se dissolvent et meurent, égorgés aux ciseaux. Badr avait souri.

« Elle a pas froid aux yeux, la petite caille de Yaya. »

Il s'était d'abord assis près d'elle avec ses cheveux mouillés qui sentaient le chlore et sa guitare pour faire le beau ; il chantait en anglais et parfois, à la place d'un refrain, il disait des obscénités en arabe sur la même mélodie. Tout le monde se mettait à rire. Il lançait ensuite à Sarah des regards fiers, plissant ses yeux cousus comme deux cafards écrasés sur ses joues suintantes de gras et de sueur, répétant encore plus fort les mêmes grossièretés, auxquelles de nouveaux rires, moins vigoureux cette fois, répondaient. Il l'aimait.

Plus tard, allongés au bord de la piscine ciel, sous le grand palmier, Badr et elle faisaient des ronds de fumée avec l'herbe de Yaya, lorsqu'il lui posa la question :

« T'es qui, alors, toi ? »

Jusqu'ici, il lui avait pris la main et l'avait fait tourner sur la pelouse, il l'avait éclaboussée, il avait lancé : qu'est-ce qu'elle veut boire, la petite caille de Yaya ? Mais il n'avait pas demandé. Un garçon qui aime, ça ne veut pas savoir ce genre de choses, Sarah le savait bien ; ça veut aimer avec entrain comme on aime une fleur, et ça peut aimer ainsi pendant des mois, tant que ça ne sait pas les racines, l'arrière de la peau, la poussière. Mais allongés près de la piscine, ni Badr ni elle n'avaient plus trouvé quoi que ce soit à se dire, l'un et l'autre, depuis dix minutes qu'ils fumaient leur joint, et à quelques mètres de là, Alain imitait le marchand ambulant qui vendait des œufs et de l'eau de Javel dans les rues de Casa – il poussait des cris de chèvre –, et Chirine riait fort. Sarah entendait même Driss glousser un petit peu. Alors il fallait bien qu'il parle, ce pauvre Badr. Il ne pouvait pas les laisser tous les deux seuls dans leur silence comme ça.

« Comment ça, je suis qui ? dit Sarah en contemplant les feuilles du palmier qui les abritait.

— Une belle fille comme toi, de seize ans, qui traîne avec des dealeurs, et avec des vieux comme nous, on n'a jamais vu ça. »

Avant de répondre, Sarah tourna la tête pour le regarder. Il fallait encore faire jaillir d'elle tous ses sortilèges de joliesse pour détourner Badr de la petite maison en ruine de Hay Mohammadi.

« Tu le sais, qui je suis.

— Ah oui ? »

Lui aussi avait tourné la tête et il s'était laissé regarder comme un petit enfant, l'air inquiet.

« Je suis la petite caille de Yaya. »

À ces mots, Badr éclata de rire et Sarah savait que c'était un rire de soulagement.

Ils se levèrent pour rejoindre les autres sur les chaises longues. Badr murmurait à Sarah des commérages – lorsqu'il s'approchait trop, elle reculait, sachant que dans ce mouvement de recul naissaient tous ses espoirs à lui de la revoir bientôt, mêlés aux doutes et à la peur, et que ces espoirs, ces doutes et cette peur la consacreraient comme invitée de toutes les autres soirées piscine de Badr jusqu'à la fin des temps, ou au moins jusqu'à la fin de sa beauté. Même aux soirées piscine du temps où elle serait épouse de Driss, portant une robe bleue neuve, cousue par une autre femme qu'elle, elle serait conviée, à présent elle le savait, et alors qu'elle caresserait l'eau de la piscine de Badr du bout de son pied doux de mariée, sans corne et sans saletés, il la regarderait, Badr, se demandant s'il aurait fallu qu'il ait une piscine plus grande pour être aimé par elle. Oui, il aurait fallu.

« Chirine, la pauvre, lui disait-il. Moitié arabe et moitié juive. Personne voudra jamais l'épouser.

— Et Alain, alors ? »

Devant eux, Chirine s'accrochait aux épaules d'Alain, l'embrassait dans le cou.

« Alain, il est feuj, il a déjà vingt-quatre ans, et y a plus personne à Casa. Mais dès qu'une vraie Juive se pointe, il se fait la malle, je te le parie. »

Jusqu'à quatre heures du matin, Driss était resté à l'écart, assis sur sa chaise longue avec son jeu de cartes. Il rougissait lorsqu'on s'adressait à lui, ou il tremblait d'excitation quand quelqu'un, une seconde, mentionnait une moto. Il disait : quelle moto ? quelle marque ? Quand on changeait de sujet, il retournait à ses rêveries. Chirine, voyant que Sarah le regardait depuis la piscine où elle nageait tout habillée, lui avait glissé : le pauvre, ce serait bien qu'un jour il rencontre une fille.

7

À six heures du matin, Fajr, la première prière du jour, la réveilla. Elle sentit sous sa joue la texture rugueuse du transat, alors qu'elle s'y frottait pour échapper à la lumière. Cela la fit rire – même dans un jardin à Anfa Supérieur, on était réveillé par la mosquée et le soleil, comme à Hay Mohammadi. Quelqu'un avait étendu une couverture sur elle et, en ouvrant les yeux, elle vit Chirine qui s'agitait à côté. « Putain, le pauvre », elle répétait. Elle regardait sous le transat, dans l'herbe, à l'intérieur d'un sac. Alain, près d'elle, soufflait : calme-toi.

« Reste un petit peu, disait-il, on les cherchera plus tard, tes clefs.

— Je peux pas, c'est la troisième fois que je lui fais le coup. »

Voyant que Sarah avait ouvert les yeux, elle se jeta sur elle. « Y a mes clefs à côté de toi ? » Près de ses jambes, Sarah chercha à tâtons pour finalement sentir le trousseau qui tintait sous ses doigts. « Les voilà », dit-elle. Chirine s'empara des clefs et courut vers le chemin de pierre qui menait à la sortie.

« Son chauffeur l'a attendue toute la nuit devant la porte, expliqua Alain. Elle l'a oublié. »

Il était assis sur le transat. En s'étirant, il ajouta que Chirine n'avait qu'à acheter son permis comme tout le monde, que ça ne faisait pas si peur que ça, de conduire à Casa. Alain était petit et maigre avec la peau foncée des Juifs d'ici, plus foncée que celle des Arabes ; il sentait le tabac et le savon. Sur le chemin, la veille, Yaya avait dit à Sarah que ça n'allait pas fort avec la drogue, pour Alain, qu'il lui livrait toujours pour l'instant, mais que si ça continuait comme ça, il allait tout arrêter, qu'il s'en foutait de l'argent.

« Tu verras comme il est maigre. La fume, ça lui suffit pas, il prend des trucs de barjo.

— Il prend quoi ? avait demandé Sarah.

— Du karkoubi, comme les gosses des rues. Il m'en demande trois fois par semaine. »

Au bidonville, Abdellah avait souvent proposé du karkoubi à Sarah mais elle n'y avait jamais touché. C'était la drogue des fous et des criminels ; alors quand, la veille, elle avait vu Alain pour la première fois dans le jardin, tout éclairé par la lune, si frêle, chantant d'une voix timide les refrains de Badr, elle s'était demandé si Yaya ne s'était pas trompé. Mais à la lumière du matin, elle ne pouvait pas ignorer les croûtes sur sa peau – dans le pli du coude, sur le cou, sur le dos de la main, au-dessous des épaules. Certaines étaient encore sanglantes. Elle voyait aussi que beaucoup de ses dents avaient noirci, que l'une d'elles était tombée, après la canine droite, sur la rangée du haut. Et sous le soleil, ses yeux lui apparaissaient mieux – des yeux pleins de famine. Sarah connaissait bien cette famine des yeux ; même quand les gosses des bidonvilles mangeaient, ils avaient ces yeux-là, des yeux terrorisés que ce soit la dernière fois.

« T'habites où ? »

Il s'était rallongé sur le transat et fumait du kif dans une longue pipe en bois.

« Juste à côté, mentit Sarah.

— Moi à Gauthier, mais je te dépose, si tu veux », proposa-t-il en lui tendant la pipe.

Sarah prit le temps d'aspirer longuement la fumée. Elle aimait le kif parce que c'était sucré, plus que le haschich ; en aspirant, elle pressait la langue contre son palais par petits mouvements, déglutissant, et chaque goutte de salive était une goutte d'un jus à la noix de coco, au miel, au lait caillé et au soda Pom's mixé chez Jus Ziraoui.

« C'est gentil, mais je vais marcher », dit-elle en soufflant.

Alain sourit ; même avec ses dents noires, même avec ce trou béant derrière la canine comme une des mares de goudron sur la route d'Aïn Sebaa, c'était un beau sourire. Il était immense sur sa mâchoire osseuse, et les ridules, les fossettes, les plaques et les plis de la peau l'entouraient comme une couronne faite de bronze et de morceaux de dattes.

« Vous êtes toujours inconscientes, vous les Françaises », dit-il en reprenant la pipe.

C'était vraiment une phrase de salopard de riche, ça. Pour eux, la seule fonction de la rue était de recueillir les chiens et les pauvres. Ceux-ci représentaient un risque terrible pour les filles de bonne famille, dont la pureté ne survivrait pas au mélange avec les autres classes sociales ; alors si d'aventure un riche, par une absurde nécessité, devait sortir de sa villa pour poser le pied sur le macadam, il s'agirait d'un homme, bien sûr. Dans la rue, pourtant, des filles de bonne famille, Alain devait en croiser parfois. Assis dans la vieille Peugeot 106 de son chauffeur, il devait voir de temps en temps apparaître dans le rétroviseur, comme prolongeant la pointe de l'arbre désodorisant suspendu dans le vide, une jeune fille en jean avec un sac à main, sans voile, flânant dans la pauvreté ambiante sans y voir de problème. Alors, secouant la tête, les billes de bois du couvre-siège roulant derrière son dos, il devait marmonner : « Toujours inconscientes, ces Françaises. » Les filles en jean dans la rue ne pouvaient être que des Françaises qui n'avaient pas compris les règles.

C'étaient les mêmes Françaises qui entraient dans les bus avec la plèbe, sans ciller, au lieu de prendre un taxi ou d'avoir un chauffeur, comme tous les Marocains d'Anfa Supérieur, ou qui achetaient du pain et de la Vache qui rit à cinq dirhams dans les *mahlaba* dégueulasses du quartier Bordeaux au lieu de déjeuner au café Campus. Même si les grosses fortunes, c'étaient toujours les Marocains, les Français de Casa, pensait Sarah, avec leurs contrats d'expat et leurs maisons payées par l'entreprise, pouvaient au moins faire l'effort d'étaler un peu plus leur fric. Peut-être ne comprenaient-ils pas que l'argent, par ici, était le seul pouvoir valable, peut-être espéraient-ils profiter de leur temps au Maroc pour – ce mot la dégoûtait – faire des *économies* ; mais ça ne marchait pas comme ça, la loi des riches et des pauvres, dans ce pays. Kamil disait toujours qu'il n'y avait que les Français pour bafouer à ce point la très claire organisation sociale. Sarah était bien d'accord. Si elle avait eu leur fric, elle aurait déjeuné au Campus tous les jours, pizza olives noires, panini fromage, Coca-Cola, crêpe *baghrir* miel-confiture. Elle aurait tout avalé en même temps, mâchant la bouche ouverte le fromage élastique et les fraises confites, se léchant les doigts – à la *mahlaba*, avec les pauvres et les Séverine, elle n'aurait plus jamais mis les pieds. Séverine y allait tous les jours, comme si, à chaque déjeuner, sa grande villa quartier de l'Oasis se volatilisait. Elle se mettait à dire des choses ignobles comme : *puisque c'est cinq dirhams, autant en profiter*. Sarah la voyait entrer dans le local pas plus large qu'un couloir, et marcher fière vers la vitrine où s'entassaient les yaourts à boire, les paquets de biscuits secs, les fromages et les boîtes de thon. Derrière, il y avait des oranges et Moustache qui, assis sur son tabouret, guettait les mouches, sa tapette rose vif suspendue derrière lui. Il était indifférent à l'odeur de fromage tout autour – la vitrine ne réfrigérait plus ; ce qui l'agaçait, c'étaient les mouches. Il fallait les tuer toutes, une par une. Au milieu d'une commande, encore en train de servir un verre de lait ou de couper un morceau d'édam – ici, on appelait ça le fromage rouge, à cause de la couleur de sa coque en paraffine –, il décelait un vrombissement minuscule, et soudain, il se paralysait. Il lançait ses grandes pupilles méfiantes dans tous les sens à la recherche de la mouche – et lorsqu'il la trouvait, ses yeux s'écarquillaient ; il ressemblait à un hibou. Tout se jouait alors. Si quelqu'un, dans la *mahlaba*, émettait le moindre son, Moustache le faisait taire d'un geste de la main. Sans cesser de surveiller l'ennemi, il s'emparait doucement de la tapette derrière lui et, après une pause rapide – il déterminait sa stratégie –, frappait contre le mur avec toute l'agilité dont son gros corps était capable. Souvent, il réussissait du premier coup ; souvent aussi, il manquait sa cible. Alors, pris d'une rage silencieuse et incontrôlable, il tapait dans tous les sens contre l'air libre pendant que les gens faisaient la queue. On aurait dit qu'il dansait. On attendait ainsi parfois une demi-heure dans la *mahlaba* de Moustache, et si d'aventure quelqu'un lui suggérait de faire réparer la vitrine réfrigérante, il le regardait avec un mépris mêlé de dégoût, comme si la réparation signifiait la plus pitoyable des capitulations.

La mouche exterminée, Séverine pouvait se pencher sur la vitre dans son pattes d'ef rapporté de Paris, et pointer du doigt les morceaux de pain jaunâtres qui ressemblaient à des pommes de terre. Pour en demander deux, elle prononçait : *jouj*, *'afak*, avec son accent du Rif – le même que sa Loubna. Si elle avait été intelligente, au lieu de copier l'accent de sa bonne, elle aurait travaillé un accent de Fès, comme les gens de la noblesse d'ici. Sarah essayait, parfois, mais ce n'était pas très concluant – elle, tout son arabe, elle l'avait appris avec Abdellah, et cet idiot parlait vraiment comme un campagnard. Elle se consolait en se disant que ce qui faisait bien, de toutes les façons, c'était de ne même pas savoir l'arabe, c'était de ne parler que le français.

Avec la seule fourchette dont il disposait, Moustache écrasait du thon à la tomate dans les deux pains demandés par Séverine. Dans les bons jours de mouches, il reculait, il levait le bras, il disait : attrape, Lalla Sivrine !, et il lui lançait les sandwichs. Pendant qu'il léchait le thon qui avait coulé sur ses doigts, Séverine manquait largement le projectile, éclatait de rire et le ramassait. Qu'il l'appelle Lalla, alors qu'elle venait tous les jours dans cette *mahlaba* qui sentait le fromage, alors qu'elle croquait avidement dans le pain qui avait atterri au milieu des traces de semelles, c'était quand même le comble. Mais ils avaient l'œil, les vieux des *mahlaba*. Ils savaient toujours repérer ceux qui leur étaient supérieurs. À Sarah, Moustache ne disait jamais : attrape, Lalla Sarah.

Et alors que Séverine terminait sans honte ses sandwichs devant tout le monde dans la cour du lycée, Sarah allait se cacher au café-billard, une rue plus loin, où les fumeurs de kif et les Yaya campaient jusqu'au soir, et parfois jusque tard dans la nuit. Ils ne foutaient rien à part se vautrer sur les chaises en métal, regarder dans le vide, se lancer quelques insultes et commander à Haroun, le gérant, des omelettes de douze œufs. Haroun était toujours assis parmi eux et il détestait se lever – on attendait une heure pour un thé à la menthe, et bien souvent les clients allaient eux-mêmes dans la cuisine pour s'en préparer un avant de laisser deux ou trois pièces sur la table. « Fais-la toi-même, ton omelette, connard », disait Haroun chaque fois. Et chaque fois, abdiquant face aux gémissements outrés, aux menaces de faillite, aux accusations de traîtrise, et au déshonneur général perpétré par sa paresse, il finissait par quitter sa chaise, marcher vers la cuisine, geindre parce qu'il n'y avait pas d'œufs et se traîner jusque chez Moustache pour en acheter.

Lorsque Sarah entrait, elle montait tout de suite au premier étage, là où il n'y avait que deux tables devant une baie vitrée qui donnait sur la rue. De là-haut, d'abord aspirant la sauce tomate qui entourait le thon, puis mâchant longuement chaque morceau comme du chewing-gum, elle regardait passer sur le trottoir les reines, les riches Marocaines du lycée français, avec leur pantalon taille basse et leur sac à main en cuir. Vers le café Campus, où elles mangeraient pour cinquante dirhams avec l'argent que leur père leur avait tendu le matin même avant qu'elles n'embarquent dans la Renault du chauffeur, elles sautillaient joyeusement, se figeant légèrement si un gosse des rues les frôlait d'un peu trop près. Qu'elles et Sarah soient faites de la même chair, c'était invraisemblable. Au lycée, si l'une de ces filles posait le regard sur elle, c'était avec un mépris doux, un peu désolé.

Mais Alain, sur son transat, la pipe à la bouche, il la regardait avec un amusement curieux, comme s'il découvrait un petit animal nouveau dont il n'avait jamais soupçonné l'existence. Ce qui était bien, avec les vieux de vingt-quatre ans pas encore mariés, c'était que comme ils ne traînaient qu'entre vieux de vingt-quatre ans pas encore mariés et qu'il n'y en avait plus tant que ça, ils ne pouvaient plus se permettre de ne traîner qu'entre riches. Déjà, entre la baraque de Badr à Anfa Supérieur et l'appartement d'Alain à Gauthier, il y avait un monde ; à l'époque où ces deux-là étaient au lycée, il y avait peu de chance qu'ils ne se soient jamais adressé la parole. Mais à vingt-quatre ans, à Casa, si on n'a pas eu l'intelligence de se barrer ou de faire des gosses, on se fait les amis qu'on peut – Badr, Alain, Chirine et Driss se retrouvaient là, ensemble, probablement pas par choix, à déambuler dans la ville comme des cons dans leurs grosses voitures en attendant que quelque chose se passe, à essayer les nouvelles drogues que Yaya disait rapporter de France. C'est de la bombe, ça, Yaya prétendait en sortant de son blouson des pochons de cocaïne ; à Paris, tout le monde adore. Alors même si Sarah n'avait pas de Rolex, ces quatre-là n'allaient sûrement pas se mettre à trop investiguer. Ce devait être tout de même agréable d'avoir devant soi, sans même en avoir fait le vœu, une petite beauté neuve, bleue et docile, faufilée parmi eux.

8

Pour rentrer d'Anfa Supérieur, ça prenait un temps fou. Il fallait descendre les rues pleines de palmiers et de villas, désertes sous la lumière de sept heures car les mères de famille dormaient et les Jaguar étaient garées à l'intérieur ; elles se ressemblaient toutes, les rues, et la plupart de celles d'Anfa n'avaient pas de plaque. Pour se donner rendez-vous, on se disait : après l'Hôtel Suisse, tu prends tout droit, troisième à droite, deuxième maison avec la porte noire. Sarah s'y perdait chaque fois. Elle repassait encore devant le gardien de rue qui ronflait, tête en arrière, assis sur un tabouret dans sa cabine verte. Il avait gardé sur ses genoux son stylo Bic et son grand carnet à spirale griffonné de partout – à Casa, les gardiens étaient officiellement embauchés pour protéger le quartier des voleurs mais, en réalité, ils notaient les allées et venues de tout le monde dans leur secteur pour faire des rapports à la police. Sarah allait taper sur la vitre de la cabine pour demander son chemin quand elle entendit le cri – de tous les cris du monde, c'était son préféré.

« Lbiiiie ! »

Il devait être au moins trois rues plus loin, mais le cri du *viouzabi*, elle l'entendait comme s'il était collé à son oreille, plus tonitruant que celui du muezzin. Et les belles dames dans les villas aussi devaient l'entendre collé à leurs oreilles fines et blanches et diamantées, et dans leur lit, elles devaient maugréer : sale race, c'est encore le *viouzabi* qui crie, cette sale race de *viouzabi*. En bas, les bonnes se pressaient certainement – il ne fallait surtout pas le manquer, le *viouzabi*, alors même que le volume de son cri, curieusement toujours identique dès la seconde où la charrette s'engageait sur la colline d'Anfa, trompait les ouïes les plus affûtées. La plupart du temps, quand, haletantes, les bonnes se jetaient sur la porte d'entrée, il tournait déjà dans l'autre rue. Il fallait attendre son prochain passage, peut-être demain ou la semaine prochaine ; d'ici là, les dames, à l'heure du thé, sifflaient d'une voix grinçante : sale race, c'est ma bonne, elle a manqué le *viouzabi*, et maintenant on a toujours toutes ces vieilleries.

Sarah connaissait bien le *viouzabi*, mais depuis l'autre côté de la vie. Il passait le matin dans les quartiers riches avec sa charrette et récupérait tout ce dont les Chirine et les Badr ne voulaient plus : de la vaisselle, des peluches, une chaise, beaucoup de vieux habits – d'où son nom. Il allait les vendre ensuite aux pauvres du centre-ville pour presque pas de dirhams. Sarah et sa mère lui avaient acheté des tas d'objets, mais leur meilleure affaire, c'était le ventilateur, huit dirhams et seulement une lame cassée. Elle connaissait bien son vieux visage foncé brillant comme de la cire lacérée au couteau, et ses petits yeux, et sa chéchia en crochet façon imam d'Algérie. Sarah savait que même le jour où elle vivrait en plein Anfa, même quand, jetant des foulards en soie dans la charrette, elle ferait son regard blanc et fuyant pour ne pas croiser le sien – peut-être qu'elle aurait des lunettes de soleil –, et même gonflée de toute la bonne volonté du monde et du Maroc, elle ne parviendrait pas à ne pas le reconnaître. Bien heureusement, il ne la reconnaîtrait sûrement pas, lui – après tout, c'était un homme d'affaires.

Elle s'était quand même élancée vers le son de sa voix, toute sautillante de sa nuit sur le transat, et peut-être du kif. Elle s'était trompée plusieurs fois avant de tomber sur la charrette à l'arrêt devant un buisson, qui se remplissait peu à peu d'assiettes et de bols qu'un jardinier tenait en équilibre dans ses bras. Quand elle s'était approchée de lui, le *viouzabi* lui avait dit : toi, t'es pas une fille d'ici. Il n'était pas dupé par la robe. Entre pauvres, on se regarde dans les yeux.

C'était le *viouzabi* qui l'avait ramenée chez elle. Elle avait fait la tournée des quartiers avec lui jusqu'à dix heures, assise sur la ridelle comme une duchesse en calèche, saluant les chiens d'une main noble, ou criant avec lui. Puis il se plaignait – c'est trop lourd, gamine –, alors elle descendait pour l'aider un peu. Deux minutes après, elle se lassait, faisait des pas chassés, des sauts, des pirouettes, elle disait : t'as pas chaud, *viouzabi* ? Combien tu gagnes, *viouzabi* ? Et le vieux se marrait. Il avait sûrement plus de fric qu'elle avec son négoce de renard ; mais elle au moins, elle pouvait encore faire semblant. Quand on commence à faire un métier de pauvre, c'est là que tout bascule, qu'on se fait mal regarder dans les magasins. C'est fini pour toujours. Il valait mieux encore ne pas travailler pour garder un peu de dignité.

Elle trouva sa mère étendue sur le canapé. Elle ronflait plus fort que le gardien d'Anfa, d'un grondement irrégulier qui, parfois, dévoilait la direction que prenait la morve à l'arrière du nez. Elle aurait peut-être pu devenir gardienne si les petites cabines vertes avaient pu contenir ses cent dix kilos et si elle avait voulu travailler. Ses chevilles étaient violettes et grosses, comme ses mollets, ses ongles de pied tout noirs, et elle avait un goitre qui tremblotait à la cadence des bruits de gorge, un goitre blanc et un peu rouge à cause de l'eczéma, mais surtout blanc – pas comme Sarah dont la peau avait la couleur de la terre cuite. C'est parce que tu ressembles à ton père que t'es noiraude comme ça, lui avait dit Monique. Ton père le soldat, elle disait, le militaire, beau comme Marlon Brando. D'autres jours, elle disait riche marchand, comédien dans les théâtres, chanteur d'opéra. Enfin, il avait fait des tas de choses. Le seul père que Sarah avait jamais connu, c'était peut-être le gros Joe, même s'il ne lui parlait pas trop. Elles avaient vécu des années et des années dans son appartement quand elles étaient encore à Cannes. Sa mère faisait le marché et il payait l'école. Tout se passait bien, mais ensuite, quand Sarah avait eu dix ans, le gros Joe avait commencé à la regarder d'un air louche, alors Monique l'avait prise, elle et la valise, et elles étaient allées dormir sur le canapé de Rita la folle qui faisait la voyance – ça allait pour les deux, parce que Sarah était petite et sa mère n'était pas encore grosse. Ensuite il y avait eu Didier, qui avait une moustache et qui leur avait dit pour le Maroc, que c'était mieux là-bas, qu'ils ouvriraient tous les trois un magasin. Elles ont refermé la valise, embrassé Rita qui leur prédisait un grand avenir avec beaucoup de pièces d'or. Une fois à Casa, Didier a pris tout l'argent, il s'est taillé, y a jamais eu de magasin. Et voilà.

« Maman », lui dit Sarah en secouant sa grosse épaule.

Elle n'avait rien à lui dire – en général, elles ne se disaient pas grand-chose – mais le canapé, c'était tout de même son lit et elle avait sommeil. Monique était toujours là à dégouliner partout où c'était pas à elle, alors qu'elle avait une chambre. Sarah ne lui prenait jamais son lit, elle, parce qu'elle était respectueuse et aussi parce que ça l'écœurait d'avoir sur sa peau de terre cuite les draps sales où les vieux du Cercle amical des Français ou ceux du cercle de jeu dormaient. Ils ne restaient jamais toute la nuit. Quand l'un ou l'autre venait trop souvent, Sarah se mettait à geindre pour la forme, et Monique s'énervait, elle disait : tais-toi, putain, c'est lui qui nous fait bouffer.

« Maman ! »

Monique se frottait les yeux.

« Il est quelle heure ?

— Onze heures », répondit Sarah.

Monique releva tous ses kilos un par un pour s'asseoir en beuglant comme les vaches d'à côté. À la fin de l'opération, elle se passa les deux mains sur le visage et dans les cheveux, même s'il n'en restait pas beaucoup.

« Qu'est-ce que t'as encore fait pour rentrer à cette heure-ci, je te jure. »

Et elle se leva. Quand Sarah rentrait tard, Monique lui lançait toujours cette phrase, puis elle se levait. En réalité, ce qu'avait fait Sarah, ça lui était égal, alors elle ajoutait « je te jure », pour bien marquer qu'il ne s'agissait pas d'une question. C'était une de ses phrases de bonne mère qu'elle lançait comme ça, comme pour se jouer à elle-même une comédie. Il y en avait d'autres, comme « ne tombe pas dans la drogue », quand

Sarah fumait du kif assise devant la maison, ou « travaille bien au lycée ». Elles trouvaient toutes les deux que ça faisait bien et que ça faisait normal, comme une chanson en anglais. Ce n'était pas grave si d'autres phrases venaient, le soir, quand le ciel noir fermait un rideau sur leurs simagrées. Assise en tailleur sur son canapé dans un pyjama orange acheté au *viouzabi*, Sarah mangeait un quatrième Merendina, du chocolat tout autour de la bouche et des emballages vides sur les genoux. Monique l'observait rêveusement à la lumière de l'ampoule ; puis, juste avant de s'en aller rejoindre un vieux des cercles, elle sifflait comme pour elle-même : toi, avec une gueule pareille, t'auras jamais besoin de travailler.

9

La fois suivante, c'était à La Notte. Yaya était passé la prendre dans son taxi – parfois, il avait un taxi. C'est à un frère, il disait, on fait *ness-ness* – ça signifiait moitié-moitié, et c'était aussi comme ça qu'on appelait les cafés au lait. Depuis que Sarah avait compris que les garçons payaient des cafés à l'infini pour qu'elle reste assise devant leurs yeux à une table du Campus, elle commandait un *ness-ness* après l'autre, les buvant d'un trait pour immédiatement agiter la main vers le serveur et relancer fièrement : *ness-ness !* Pour le dire bien, il fallait n'en prononcer que les consonnes, ce qui demandait de la violence, un mouvement sec de la tête, comme un guépard sur le qui-vive, un guépard qui, soudain, sortait une langue de serpent fendue à l'extrémité, et attaquait, sifflant : *ness-ness*. Elle répétait frénétiquement le jeu, inépuisable. En face, le garçon la regardait gesticuler ainsi, vider la tasse, lever le bras avec empressement, tapoter la table sale de ses doigts impatients, irritée jusqu'à, enfin, l'arrivée du nouveau *ness-ness* et la reprise instantanée du petit cirque. Quand l'envie de vomir commençait à la prendre et qu'elle demandait de la Sidi Ali, la conversation pouvait commencer.

« Tu vas me faire payer la course ? »

Debout devant chez elle, elle portait une robe en lamé or qu'elle avait volée sur un stand du Maarif ; Yaya, dans le taxi rouge, abaissa d'une main nonchalante ses fausses Ray-Ban – il était minuit.

« Allez, monte. »

Quand Yaya avait le taxi, pendant des semaines entières, il roulait dans Casa en klaxonnant comme un fou, il passait la cassette des musiques du mariage de sa cousine, il applaudissait au rythme des darboukas au lieu de tenir le volant, il chantait. Peut-être qu'il ne prenait même pas de clients. Derrière la grille du bidonville, Abdellah se marrait. Il dit : *hayhay*, Lalla Sarah, c'est quoi cette robe, tu vas voir le roi ou quoi ? Derrière lui, sa mère, qui allaitait sa dernière fille assise devant leur grand mur en ferraille, disait : tais-toi, Abdellah. Elle n'aimait pas qu'on parle du roi, elle avait peur de la police.

Ils foncèrent sur la Corniche vitres baissées, parce qu'il n'y avait pas de vitres, et Yaya lui disait : ça va être le feu à La Notte ce soir. Ou alors il se moquait d'elle, il disait : tu l'auras jamais, Driss, il regardera jamais une pauvresse comme toi. Une fois là-bas, Yaya laissa son taxi en plein milieu de la rue. Il dépassa la file d'attente, son bras autour des épaules de Sarah, et serra la main du videur : c'est ma petite.

La bande était tout au fond avec un tas de gens – quelques filles riches du lycée, des couples mariés avec des montres qui coûtaient cher, des vieux seuls de quarante ans, des putes. La Notte, c'était le seul endroit à Casa où on pouvait encore danser des rocks et des slows le samedi soir. Ils s'étaient tous mis par deux au moment d'Elvis Presley, ils dansaient avec leurs pieds qui se levaient, les mains qui faisaient des vagues, les filles qui tourbillonnaient et qui finissaient, hors d'haleine et hilares, la tête renversée, pliées en arrière sur un avant-bras. Ça donnait le vertige. Mais dans le tourbillon, il y avait un garçon immobile, le dos voûté cloué sur la banquette en cuir rouge et l'ombre du nez crochu projetée sur le mur, pleine d'un étrange reflet vert – Driss tenait une menthe à l'eau. Il grimaçait. Mais à l'instant même où le refrain de la chanson retentit, il se mit à faire de brusques mouvements du buste, d'avant en arrière, éclaboussant son jean de menthe. Puis il stoppa net. Il lança des regards inquiets autour, comme pour vérifier qu'on ne l'avait pas vu. Sarah se tourna vers Yaya, l'air amusé ; il avait déjà déguerpi.

Driss, en matière de garçon, c'était compliqué car ce n'était pas tout à fait un garçon. Sarah avait bien vu comment ils fonctionnaient tous, entre les Kamil, les Badr, les petits abrutis de l'année dernière, et puis aussi les vieux des cercles de sa mère qui n'étaient pas tellement différents à part qu'ils étaient laids. Elle avait appris qu'un garçon, ça regarde sans cesse, c'est pire que la police. Ils sont là à lancer leurs yeux partout sur les corps des filles, à approuver, et sanctionner, et surveiller, comme si elles étaient toutes leur propriété. Alors, que les femmes se mettent à se foutre un voile sur la gueule un beau matin, ça ne choquait personne à Casa. On disait : c'est normal, les pauvres, elles sont fatiguées. Driss, avec ses yeux qui glissaient, et même s'il vivait dans la plus belle maison d'Anfa, on aurait dit qu'il n'était propriétaire de rien.

Il parlait peu. Sarah avait pourtant remarqué que tous les garçons se mettaient à brailler constamment devant elle, peut-être parce qu'elle restait silencieuse ; elle savait bien que les filles qui s'expriment, même aussi jolies qu'elle, les irritaient beaucoup. Les bavardes comme Chirine, qui existaient fort, finissaient toujours par les énerver, comme s'ils s'agaçaient de voir leur espace de braillage ainsi dérobé par un corps habituellement sous contrôle, leur apparaissant comme dangereux, sauvage. Ça les effrayait, ce manque d'apprivoisement. Bref, les garçons étaient en général très fragiles et il fallait faire preuve d'une grande prudence pour ne pas les bouleverser.

Elle s'assit près de lui sur la banquette rouge. Son genou en terre cuite se collait presque à son jean. Driss garda son regard et sa menthe suspendus dans le vide, son rictus ; elle crut le sentir se raidir. Alors, d'un mouvement de jambe, elle releva un peu sa robe pour découvrir une cuisse. On pouvait voir les poils blonds s'y dresser. Elle attendit, contemplant les mouvements de rock, belle, docile, silencieuse, rassurante, comme il fallait. Il ne regarda pas ; il ne brailla pas. Driss et Sarah restèrent ainsi figés côte à côte sur la banquette de La Notte, un rictus sur leurs deux visages désormais, leurs corps tendus entre les ombres et les reflets de menthe à l'eau, devant les gens de chair et de sang qui riaient, explosifs, vivants, devant les putes qui s'amusaient.

Le premier slow commença ; sur la piste de danse, les couples de rock se détachèrent, il y eut un murmure général, une pause ; les filles encore assises se tinrent droites, jambes croisées, les mains posées sur les genoux. Les garçons debout lançaient déjà leurs yeux partout ; beaucoup atterrissaient sur elle, comme vingt lampes de poche braquées vers la source du bruit. Sarah sut qu'elle devait agir vite. D'un mouvement aérien qui fit voler ses boucles, elle se tourna vers lui.

« Tu veux danser ? »

Il eut un sursaut, manquant de renverser sa menthe ; mais enfin, il la regarda. Jamais ses yeux n'avaient été si proches. L'iris bougeait – ce n'était pas à cause des lumières. Sarah le saurait bientôt : c'était un tremblement de peur que Driss portait souvent, comme si le Maroc en marche le bouleversait à chaque seconde.

« Non. »

C'était un non brutal, comme ceux que Sarah crachait aux mecs du centre-ville qui la suivaient en voiture quand elle était dehors et qui lui disaient : monte, la gazelle, allez, monte avec moi. Elle n'eut le temps de rien dire ; déjà Badr arrivait. Il avait marché vers elle plus vite que les autres, avec son gros ventre qui gigotait, ses yeux cousus pleins de courage. Il était un peu essoufflé en lui tendant la main – tu danses ?

Alors elle se leva mollement, encore perplexe, le regard absent. Badr l'amenait vers la piste quand elle lâcha sa main. Elle se retourna vers Driss, s'approcha. Penchée vers lui, elle le fixa avec rage, comme les hommes fixaient les femmes, les empêchant de s'échapper. Et elle le lui dit :

« Je suis amoureuse de toi. »

Elle rejoignit la piste, où Badr l'attendait. Pendant le slow, elle voyait que Driss n'avait pas bougé – il regardait dans le vide, sa menthe à la main, avec son dos voûté, son rictus. Mais cette fois, sa jambe se secouait.

10

La phrase *je suis amoureuse de toi,* Sarah l'avait entendue des tas de fois dans la bouche de sa mère quand elle voulait que le gros Joe lui achète des fromages au marché de Cannes. Elle l'avait entendue au bidonville, quand la sœur d'Abdellah s'était mariée avec un gars mieux qu'elle qui allait la sortir de là – le chauffeur d'une famille quartier Californie. Basma était allée vivre avec ce connard dans le centre-ville dégueulasse, tout sourire, et elle était revenue pour l'Aïd avec des bleus partout. Personne n'avait rien dit. Même les putes, elles disaient *je suis amoureuse de toi* quand elles tombaient enceintes et qu'il fallait se faire épouser illico pour pas finir en prison avec les autres filles-mères – et le gosse à l'orphelinat. Il y en avait des tas comme elles qui se faisaient avorter à l'arrière des restaurants mais elles mouraient tout de même souvent, se vidant de leur sang sur des fauteuils recouverts de serviettes de plage ; épouser un pauvre type, ça paraissait plus supportable. Les putes s'égosillaient à la porte de tous les mecs qu'elles connaissaient, elles lançaient : je suis amoureuse de toi, ou de toi, ou de toi. En réalité, personne ne voulait jamais d'elles. Les gars du lycée, qui allaient les voir depuis l'âge de treize ans, disaient toujours qu'elles étaient de la racaille de femme, comme des femmes en moins femme ; qu'une femme, ça devait avoir de la dignité. Pourtant, Sarah les trouvait très dignes avec leur regard sans peur, leur argent rien qu'à elles, leurs seins fiers et leur affranchissement des maris. Elles étaient indomptées – peut-être qu'en fait on n'aimait pas les putes non pas parce qu'elles étaient moins femme, mais parce qu'elles l'étaient trop.

C'était pour ça que Sarah disait *je suis amoureuse de toi* aux garçons avec qui elle faisait l'amour. C'était le seul moyen de se faire pardonner de s'être laissé toucher par eux, le seul moyen de continuer à se faire payer des cadeaux. Il fallait le dire bien pour être crue, mais c'était difficile. Chaque fois qu'elle prononçait la formule, elle entendait malgré elle, tout au fond de sa voix, de la faim – la même faim que sa mère devant les fromages du marché. Cette faim était immanquable – même à des kilomètres, l'entendant dire la phrase, on aurait pensé : la fille qui a parlé, elle n'a pas dû déjeuner. Dans l'intonation, on décelait aussi l'espoir, celui de Basma d'avoir un jour l'électricité, et on devinait la détresse des putes qui, bientôt, allaient se faire enfermer. Sarah savait bien que tout cela s'entendait, mais elle ne pouvait rien y faire; c'était l'accent avec lequel elle avait appris à dire les mots. À La Notte, devant Driss, c'était un cas d'urgence qui nécessitait l'emploi de la formule, et c'était la même chose, le même accent – car ce soir-là, elle mourait sincèrement de faim, et brûlait elle aussi tout à la fois d'espoir d'une vie meilleure et d'une détresse immense, à l'idée qu'il comprenne, par cette détresse même, qu'elle ne l'aimait pas vraiment. Aimer vraiment, elle savait ce que c'était, et ce n'était pas ça – elle en avait fait l'expérience, un an plus tôt, chez Zineb. Elle n'avait jamais oublié.

Zineb avait des lunettes rectangulaires, les cheveux noirs et frisés, un long visage de cheval et elle sentait la harissa. Au début du premier cours de maths de seconde, Sarah l'avait vue arriver de loin et successivement réaliser tous les gestes qu'elle craignait le plus : s'approcher de sa table, troisième rangée, salle 86, bâtiment L, y déposer son sac à dos bleu griffonné au stylo-bille, tirer la chaise, dire : « je peux m'asseoir ? » avec des yeux de victime, des yeux auxquels il était impossible de dire non. Ce n'était pas que Sarah n'aimait pas la harissa. Simplement, pour des raisons évidentes, il ne fallait pas être vue avec le genre de filles qu'était Zineb – celles qui, sans sourciller, montaient dans le bus scolaire qui les menait au lycée, en sortaient souriantes juste devant la porte arrière du bâtiment, et ne prenaient même pas la peine de faire le tour jusqu'à l'entrée principale – pour ainsi pouvoir prétendre avoir été accompagnées par leur chauffeur, comme tout le monde. Le lycée français de Casa accueillait les adolescents français gratuitement, et tous les autres contre des dizaines de milliers de dirhams et quelques cadeaux, comme des fleurs, un abonnement VIP au Sun, un séjour à la Mamounia de Marrakech, ou même parfois une voiture, selon la profession du père. On disait que ce qui marchait le mieux, c'étaient les billets d'avion – dans la classe de Sarah, ils étaient trois à être fils de dirigeants de la Royal Air Maroc. Comme il n'y avait presque plus de Français à Casa, les bâtiments à la gloire du protectorat grouillaient surtout des trois mille gosses d'hommes d'affaires marocains, entre lesquels gesticulaient les dernières Séverine qui s'accrochaient encore, quelques enfants de couples mixtes et, au milieu, dissonants et étranges, des morceaux de peaux foncées : les peaux poisseuses des filles comme Zineb.

Elles n'auraient pas pu se payer une seule semaine de scolarité dans ce lycée si leurs mères n'avaient pas eu l'inspiration d'y devenir profs ou infirmières. Tout en elles transpirait la classe moyenne – elles s'habillaient avec les tuniques bariolées qu'on voyait sur les marchés de Hay Hassani, elles rachetaient les manuels scolaires de leurs semblables des années précédentes, elles mangeaient à la cantine. Parfois, par inadvertance, Sarah passait près d'elles dans la cour ; vêtue d'un jean neuf offert par Kamil ou un autre, elle marchait toujours vite, ne parlait jamais à personne. C'était sa règle : parler très peu, seulement lorsqu'on s'adressait à elle, et qu'on était, de préférence, un garçon qui avait une belle montre. Alors si l'on n'était pas certain qu'elle était riche, au moins ne saurait-on pas à quel point elle était pauvre. Croisant ainsi, rapide et silencieuse, quelques Zineb, elle les surprenait à parler entre elles en arabe, alors qu'elles savaient parfaitement le français. *Fiyya jouu'*, disait l'une en se tapant le ventre – j'ai faim – et l'autre s'en étonnait, rétorquait sans honte en arabe. Sarah fonçait vers l'avant pour s'éloigner, propulsée par la peur d'être assimilée à elles, et par la consternation de voir qu'on pouvait connaître la langue des dominants et choisir volontairement celle des miséreux et des opprimés. Cette pauvreté assumée, contente, la répugnait – alors que Sarah était plus pauvre qu'elles, elle au moins avait encore suffisamment de fierté pour protester sans cesse contre cet état de fait. Ses pas pressés, ses jeans neufs négociés par la peau, ses déjeuners cachés à l'étage du café-billard, ses silences étaient autant de négations de la situation, autant d'actes de guerre.

Pendant le cours de maths, Sarah n'avait pas levé les yeux vers Zineb – il fallait marquer clairement qu'elles n'étaient pas du même monde, quand bien même étaient-elles exactement du même monde, celui des sans-bonnes et des sans-chauffeurs, au détail près que c'était Zineb qui pouvait manger des tajines une fois par semaine, parce que sa mère à elle s'était résignée à aller enseigner l'arabe à des classes de sixième. Mais Zineb ne comprenait rien à tout ça. À chaque cours de maths, elle revenait s'asseoir près de Sarah, gaie et naïve, et à chaque cours de maths elle disait bonjour, un grand sourire aux lèvres, comme si elle ne voyait pas la différence fondamentale entre elles – celle de la guerre. Quand il fallait en classe résoudre en temps limité une fonction affine, et que Sarah soupirait, les jambes et les bras croisés, le regard en l'air plein de mépris pour le prof qui pensait qu'elle allait s'abaisser à s'intéresser à ce genre d'exercices qui ne lui serviraient jamais à rien, Zineb s'inquiétait : ça va ? tu comprends pas ce qu'il faut faire ? tu veux que je t'explique ? Elle résolvait toutes les équations, elle. Elle révisait ses cours pendant les heures creuses et à la pause-déjeuner, terminait les contrôles dix minutes avant tout le monde. Je m'en fous de ces exercices, disait Sarah ; alors une furtive vague de panique remuait derrière les verres épais de Zineb, comme s'il n'était pas envisageable de s'en foutre, de ces exercices. Elle se lançait soudain dans des explications affolées, expulsées en même temps que son haleine salée – tu vois la variable *x*, *yak* ? tu vois les constantes, maintenant ? À force, Sarah finissait par écouter vaguement. Elle finissait aussi par écouter quand, à la pause, Zineb disait qu'il fallait travailler quand on avait la chance d'être scolarisé dans un lycée pareil, que c'était important pour avoir ce qu'elle appelait *une belle vie*. Elle ferait médecine, disait-elle, à l'université de Casa, même s'il n'y avait presque que des garçons : elle deviendrait pédiatre et sauverait des enfants. Que Sarah le veuille ou non, Zineb racontait aussi le mouton égorgé dans sa baignoire le jour de l'Aïd – le sang avait giclé partout parce que son cousin n'avait pas su y faire –, ou le voyage de sa grand-mère à La Mecque, qui espérait mourir là-bas pour aller au paradis. Un mois plus tard, elle n'était toujours pas morte, alors elle avait dû rentrer au Maroc – l'hôtel lui coûtait cher, et son mari l'appelait tous les trois jours en pleurs depuis la cabine téléphonique en face de chez eux, en disant que c'était inhumain de le laisser comme ça, qu'il ne savait pas cuisiner, qu'il allait mourir de faim avant elle si ça continuait et qu'elle n'allait sûrement pas mettre un pied au paradis avec un crime pareil sur le dos. Zineb parlait aussi d'Amine, son petit frère qui, les matins du Ramadan, refusait de se réveiller avant le lever du soleil pour manger ; c'est sûr qu'il jeûne pas, elle disait, avec les fréquentations qu'il a, tous des enfants des rues, des *chemkar*, et qui boivent de l'alcool, en plus, ajoutait-elle l'air effaré et elle murmurait à la prononciation de ces mots interdits une formule de protection – *Allah yahafedna*.

Quand elle voyait Sarah sauter dans la Porsche d'un ancien du lycée à la sortie des cours, elle rigolait en se couvrant la bouche – elle n'avait jamais embrassé un garçon. Ça aussi, elle l'avait raconté. Et une fois, vers la fin du Ramadan, alors qu'elle détaillait les recettes de *briouates* de sa mère, elle lui dit : qu'est-ce que tu fais, ce soir ? Viens chez moi pour le *ftour*.

II

Ce fut le vrai amour ; celui dont, tant qu'on n'en a pas saisi soi-même les contours, tant qu'on n'en a pas palpé la chair et voulu y mourir, on ne peut que bêtement en prononcer les syllabes vides, peut-être leur accoler de vagues images. Sarah était entrée dans l'immeuble pleine de cette ignorance. Pour s'y rendre, elle était montée avec Zineb dans le bus à trente centimes le trajet qui sentait la sueur jusque dans le tissu des sièges. Si aucun garçon ne lui payait le taxi pour rentrer du lycée, elle préférait marcher deux heures plutôt que d'aller s'asseoir là-dedans, près des épiciers qui, toutes les trois secondes, reniflaient comme des porcs pendant dix minutes avant d'essuyer leur morve dans la manche de leur pull. Parfois il y avait les ados avec leurs peaux crevassées qui se jetaient sur les bonnes assises à l'arrière pour leur toucher les seins avant de courir vers l'avant du bus ; elles se mettaient à crier : t'as pas honte, fils de pute, en agitant les bras, mais elles restaient assises, pour ne pas non plus trop les énerver. Les mecs assis se marraient, leur sifflaient des obscénités, les connards d'épiciers continuaient d'avaler leurs glaires, il y avait les mouches, les bouts de pain humides écrasés sur le sol et la merde des pigeons qui séchait sur les vitres. Alors même si l'immeuble de Zineb était en plein centre-ville, même si les escaliers étaient en mosaïque grise et luisante et qu'ils sentaient la pisse, même s'il fallait monter six étages à pied, c'était déjà mieux d'être planquée là plutôt que de risquer d'être vue dans un bus de Casablanca, ces bus de misérables.

«*Marhaba, binti!*»

Bienvenue, ma fille – c'était Chadia, la mère de Zineb, qui leur avait ouvert. Elle était petite avec un visage rond derrière ses lunettes, et son voile était rose. Elle avait embrassé Sarah sur les deux joues avant de s'exclamer, en arabe, les mains posées sur ses épaules: comme tu es belle! Puis, un grand sourire, elle l'avait prise par le bras – *Yallah*, elle avait dit – et elle l'avait conduite à travers le couloir sombre comme on mène une fiancée vers la cérémonie; sur le ton de la confidence, elle lui murmurait à l'oreille: quand on est belle comme ça, il faut faire très attention, d'accord? Tu restes à la maison, tu es sage, et tu trouveras un bon mari, *inch'Allah*. Sarah lançait des regards amusés à Zineb, qui rigolait derrière. Une fois au salon, elle sentit le bras potelé de Chadia entourer son épaule, façon vieilles camarades – c'est la copine française de Zineb, scanda-t-elle, elle s'appelle Sarah. Les trois personnes assises levèrent les yeux vers elle. Sur des banquettes en bois sculpté, entre de grands coussins rouges à franges dorées, Amine, le frère de Zineb, son grand-père qui ne savait pas cuisiner et sa grand-mère toujours pas morte étaient avachis, la bouche entrouverte ; en face d'eux, la petite télévision diffusait un épisode de *Marimar*, la *telenovela* qui passait en boucle au café-billard, et le son était si fort que Sarah n'entendit d'abord pas la grand-mère lui crier : assieds-toi, ma fille, assieds-toi, en tapant sur la banquette. Lorsqu'elle s'assit, la vieille dame lui empoigna le bras et le souleva : tu es maigre, il faut que tu manges. Il y avait, sur la table basse faite d'un grand plateau rond en étain couleur cuivre, un couscous, une bouteille de lait entier Salim, des dattes, de la *chebakia* noyée dans du miel, et personne ne touchait à rien.

« On attend l'heure, dit la mère de Zineb, mais toi, tu ne jeûnes pas, sers-toi.

— Je vais attendre avec vous », répondit Sarah.

Comme tout le monde autour d'elle, elle tourna le regard vers l'écran de télé ; Marimar courait sur une plage mexicaine. Elle avait les cheveux bouclés et la peau brune, comme elle. Le grand-père de Zineb s'agita ; il montrait du doigt Sarah, puis la télé, puis encore Sarah, et émettait des sons caverneux en amazigh. C'est vrai que tu lui ressembles, dit Zineb, et sa mère acquiesça. Ce devait être un vieil épisode, car on voyait que Marimar était sale et encore pauvre, qu'elle n'avait pas de chaussures. Au café-billard, ils en étaient déjà à l'épisode où elle était devenue riche grâce à Gustavo, son père caché et multimilliardaire.

« Brigitte Bardot ! »

Sarah tressaillit ; la grand-mère la scrutait, les yeux plissés, comme pour voir à l'arrière de sa peau. Elle répéta : Brigitte Bardot, Brigitte Bardot, en lui tapant hystériquement dans le dos. Chadia siffla : n'importe quoi maman, elle est blonde, Brigitte Bardot, et la vieille soupira avec agacement, se renfonçant dans son siège. Devant elle, Marimar se débattait entre les mains d'un homme – il l'avait vue voler des carottes dans un jardin et exigeait un baiser contre son silence. « Fils de chien », commenta Amine, en vérifiant l'heure sur l'horloge murale ; déjà, le riche héritier Sergio venait sauver Marimar des griffes de l'homme.

Et l'amour fut ; le vrai amour, celui dont elle n'aurait jamais imaginé l'existence. Il était apparu sans raison, sans prévenir Sarah du tonnerre qui viendrait bientôt vibrer dans tout son corps, jusqu'aux ongles de ses pieds – il se situait là, au creux d'une seule seconde : celle où Marimar croisa enfin le regard de Sergio à l'issue de la bagarre. Tout bascula alors. Dans les cheveux emmêlés pleins de sable de la petite des rues, il y eut du vent, un vent lent et tournoyant, et autour de ses yeux noirs, il y eut le violoncelle, l'orgue, toutes les harpes du Mexique et plus aucune horloge. C'était le vrai amour, oui. Sarah sut alors et pour toujours qu'on n'aimait pas sans vent, pas sans musique, pas sans héros et sans danger, pas sans être de l'autre côté de l'océan ; que tous ceux autour d'elle qui disaient s'aimer le croyaient seulement.

Un petit son aigu retentit ; c'est l'heure, cria Chadia. Alors que tout le monde se jetait sur les dattes, Sarah ne quitta pas l'écran des yeux, où défilaient les noms du générique de fin – des noms comme autant de garçons qui lui faisaient la cour dans leur décapotable. Ils lui parurent soudain minuscules, et leurs regards si faibles, et elle se vit minable de se satisfaire de fausses amours, sans le moindre vent, le moindre violoncelle. Elle se promit de ne plus accepter un seul milk-shake de leur part. Elle tint sa promesse deux semaines durant, puis elle eut soif.

12

Le lendemain de La Notte, Sarah sonnait chez Chirine à dix-sept heures et quinze minutes, comme prévu. C'est facile, tu verras : la seule maison rouge de tout Anfa, avait dit Chirine la veille. Elle avait croqué dans sa quiche aux champignons avant d'ajouter que bon, normalement, on n'avait pas tout à fait le droit de peindre les maisons en rouge, à Casa, mais que, comme sa mère était de Marrakech, elle trouvait ça trop triste, le blanc, elle n'était pas habituée. « Quand les flics viennent, on leur offre le café et ma bonne prépare des *msemens* au miel. » Les murs étaient rouge brique, du même rouge que les morceaux d'*aker fassi* que Sarah piquait chez Aïcha Parfumerie quand elle était petite – quand en sortant, elle croisait son reflet dans une vitrine, elle mouillait le bout de son index de sa salive et le passait sur la coquille en terre enduite de pigments de coquelicot. Son doigt devenait rouge, elle le frottait sur ses lèvres, et voilà que, soudain, elle avait une bouche de femme, couleur de sang, de fleurs séchées, de remparts de Marrakech et – elle l'apprenait maintenant – de la maison de Chirine, une des plus belles maisons d'Anfa Supérieur. Derrière la porte, Sarah entendit des pas lourds qui venaient lui ouvrir. À la boulangerie 17 Étages, elles avaient convenu de la marche à suivre.

La veille, à La Notte, Alain avait crié : 17 Étages. Il était debout sur une chaise et faisait de grands mouvements de bras.

Sur la piste, Sarah dansait encore avec Badr ; les slows étaient terminés, c'était à nouveau le moment du disco. Elle le semait à coups de pirouettes, de jetés d'épaules, de petits pas plus rapides que des claquettes, l'épuisant suffisamment pour lui ôter l'envie d'essayer de l'embrasser – les joues de Badr étaient rouge vif alors qu'il tentait douloureusement de suivre le rythme, et il suait tant que sa chemise blanche laissait voir tous les poils noirs sur son torse. Au signal d'Alain, il s'arrêta immédiatement – On y va ? dit-il, en s'épongeant le front avec son avant-bras. En tournant la tête, Sarah vit que Driss n'était plus assis sur la banquette. Il n'était pas dehors non plus. Elle monta dans la voiture de Badr, regardant par la vitre de temps en temps, guettant le bruit d'une moto. Ils arrivèrent quartier Bourgogne en cinq minutes.

Sur la façade orange de la boulangerie, on avait tracé à la peinture noire les grandes lettres du mot «étages» et à la peinture blanche les chiffres – elle se situait en face du plus haut immeuble de Casa, un immeuble à dix-sept étages, alors c'était naturellement devenu son nom. Jusqu'à sept heures du matin, on pouvait y trouver des quiches dont la pâte s'affaissait un peu, des pizzas aux olives noires qui avaient perdu leurs olives noires, des croissants au fromage que personne ne choisissait jamais et qui restaient là, jaunis par les semaines sous la lumière de la vitrine. Après La Notte, les affamés y terminaient toujours; comme ce n'était pas cher, on y voyait aussi souvent quelques mecs aux fringues sales qui sortaient du Bouss-Bouss, le bar d'à côté. Mâchant lentement la pâte feuilletée, ils regardaient les filles de la table de La Notte avec envie – il n'y en avait pas une seule, au Bouss-Bouss, car les filles du centre-ville, comme Zineb, n'osaient pas aller en boîte, de peur de se faire traiter de salopes. Dehors, les mendiants tendaient la main à chaque entrant, chaque sortant, ils disaient: donne-moi, s'il vous plaît, donne-moi – quelques semaines plus tôt, une femme avait agrippé la cheville de Sarah alors qu'elle entrait avec Kamil. Lalla, s'il vous plaît, elle avait supplié. Sarah avait baissé la tête et l'avait vue, assise en tailleur sur le trottoir avec ses yeux gris-blanc – comme si des larmes en avaient délavé la couleur. Que Dieu te bénisse, Lalla, s'il vous plaît, que Dieu te garde, elle répétait les phrases très vite, d'un seul souffle, et elle serrait plus fort encore la cheville avec ses mains bleues et gonflées. Sarah s'était figée. Kamil, qui était entré sans elle, s'était retourné.

« Sarah ? »

Elle avait levé les yeux vers lui. Elle entendait encore les supplications du sol. Comme tu es belle, Lalla, disait la femme.

« Donne-lui un coup de pied, elle va te lâcher », avait lancé Kamil.

Sarah savait bien qu'on faisait ça, normalement ; ou alors, on essayait de se dégager poliment pour ne pas aller en enfer, en disant *amine* aux prières, en promettant de revenir. Mais elle ne bougeait pas. Elle avait été soudain prise de nausées, ces nausées routinières qui lui venaient quand elle croisait les yeux des gens d'en bas, ceux qui raclent le sol, lorsqu'ils la prenaient pour une autre. Sarah n'avait pas envie de vomir quand c'étaient les riches du lycée qui la croyaient comme eux – mais des yeux délavés, ça vous renvoie à la gueule toutes les couleurs que vous avez volées. Kamil était revenu quelques secondes plus tard. Il avait tendu à la femme un croissant au fromage.

Ce soir-là au 17 Étages, après La Notte, Driss n'était pas là. Badr apporta à Sarah sa pizza et une canette de Hawaï, comme elle avait demandé, mais elle mit quelques secondes à s'en apercevoir – elle n'avait d'yeux que pour la porte qui, à chaque mouvement, se muerait peut-être en un corps court aux yeux de thym, et qui, au mouvement suivant, y échouait. « Tu manges pas ? » fit remarquer Chirine, assise à sa gauche. Autour, Alain et Badr écoutaient Laïla, la fille du plus gros vendeur de thon en boîte du Maroc, raconter les faits et gestes de Majid plus tôt à La Notte, tentant d'y déceler quelque signe d'amour – Majid travaillait dans une banque et ses parents n'avaient pas un rond mais, comme Laïla avait déjà trente-quatre ans, un salarié, ça lui convenait quand même. « Peut-être qu'il n'ose pas », déclara Alain. Laïla s'agaça : mais putain, ça fait un an que j'essaie de lui faire comprendre. Alors Sarah se tourna d'un coup vers Chirine :

« Je suis amoureuse de Driss. »

Elle le sut soudain – il fallait l'encercler de son amour. Il n'y avait pas d'autre solution. Il fallait que chaque personne autour de lui en soit informée, que, dans les bouches de tous, il entende Sarah, Sarah, sais-tu qu'elle t'aime, Sarah ? Il fallait qu'il ne puisse faire un pas sans sentir les pulsations du cœur amoureux sous son pied, que l'air lui devienne chaud, mauve, gluant, irrespirable, que le visage des autres soit celui d'une seule femme. Alors il n'attendra pas un an, lui ; sous la contrainte de l'univers entier, il devra céder.

« Hein ? »

Chirine dut lui faire répéter la confession deux fois. Mais c'est formidable, s'exclama-t-elle – Alain se retourna vers elle, interloqué – avant de chuchoter, euphorique : je n'arrive pas à y croire, si tu savais depuis combien de temps on attend ça, parce que Driss, enfin tu t'en doutes, avec les filles il est pas… Il est pas… Enfin, tu vois ce que je veux dire, mais vraiment c'est un garçon génial, tu le regretteras pas. Elle prit un air grave et solennel ; elle s'empara d'une serviette en papier et y dessina de vifs traits d'huile avec son doigt, comme tentant de trouver la sortie d'un labyrinthe invisible – elle s'employait, expliqua-t-elle, à concevoir un plan pour rassembler Driss et Sarah sans que les autres soient là. Sarah, de temps en temps, l'interpellait : on pourrait peut-être… Chut ! l'interrompait Chirine. Laisse-moi réfléchir. Elle se gratta la tête, croqua encore dans sa quiche, s'essuya la bouche, regarda dans le vide. Enfin, elle eut une idée :

« Driss, il y a une chose à laquelle il ne dit jamais non, c'est raccompagner les gens chez eux. Même quand il est en retard, ou que ça lui fait faire un détour, quand quelqu'un ne sait pas comment rentrer, il le prend toujours avec lui sur sa moto. »

Le lendemain à dix-sept heures, Driss devait sonner à la maison rouge – il venait voir la moto du père de Chirine, qu'il pensait acheter. Il fut décidé que Sarah sonnerait quinze minutes après dix-sept heures, et s'en irait en même temps que lui ; alors, sur sa moto, il la raccompagnerait.

La façon dont elle presserait ses doigts sur son ventre gonflé, les bras entourant son torse, assise derrière lui sur la moto qui gronde, elle y pensait devant la porte de la maison rouge qui laissait filtrer des bruits de pas. Le vent giflerait son visage et ses cheveux noirs voleraient vers les yeux de thym, les empêchant de bien voir la route ; il dirait : tes cheveux m'empêchent de bien voir la route, et elle rirait : je m'en fiche de la route. C'était peut-être lui, ce bruit lourd de grosses chaussures à une seconde de tourner la poignée, ou alors c'était le jardinier, le chauffeur, le père de Chirine qui, tous, la mèneraient à lui, concentré dans le garage, tâtant le frein d'une roue arrière. Sarah entendit la serrure cliqueter ; elle tira sur son pull, inspira lentement. La porte s'ouvrit – c'était Chirine. Elle avait les yeux rouges, encore pleins de larmes.

« T'es en retard », souffla-t-elle, avant de lui tourner le dos et de traverser le jardin.

Elle marcha à vive allure, hoquetant quelques fois, et Sarah la suivit, peinant à s'attarder sur les palmiers dattiers, les buissons, les bassins de nénuphars scintillant entre les colonnes ; elles traversèrent l'entrée, qui était vide, comme les salons sous les arcades. Les murs étaient enduits de tadelakt brun, rougissant, brillant et doux, comme l'intérieur moelleux d'une joue, et l'espace, pourtant vaste, parut soudain à Sarah étroit, peut-être rétrécissant à mesure qu'elle avançait. Elle voyait les lampes disposées sur le sol, les tableaux montrant le souk de Marrakech, les larges tables en bois sculpté, les tapis berbères en laine ; c'est alors qu'elle faillit rentrer dans une bonne. Il s'en était fallu de peu pour que la petite femme, son tablier défait, passant soudain à toute vitesse entre elle et Chirine, ne perde l'équilibre. La bonne poursuivit sa marche, agitée, vers l'autre bout de la pièce, un flacon dans une main, du coton dans une autre. Lorsqu'elle atteignit l'un des canapés, Sarah s'aperçut de la présence d'une femme qui, jusqu'alors, lui avait été parfaitement invisible – allongée dans sa djellaba beige, elle s'était fondue dans le tissu autour d'elle. La bonne imbiba le coton du contenu du flacon, puis le lui passa sur le visage ; à chaque contact, la femme gémissait de douleur.

« Laisse tomber, c'est ma mère », dit Chirine sans cesser d'avancer.

Elles montèrent des escaliers, puis d'autres escaliers, firent quelques pas dans un couloir pour atteindre une chambre – le soleil éclairait les draps roses, les peluches, la coiffeuse de petite fille. Chirine traversa la pièce et ouvrit deux grandes portes vitrées qui donnaient sur une terrasse. D'une voix monocorde, les yeux baissés, elle expliqua que sa terrasse avait vue sur l'entrée du garage, que Driss y était toujours, avec son père et la moto, et qu'ainsi Sarah pouvait guetter son départ. « D'accord », répondit Sarah, tentant de croiser son regard – elle n'y parvint pas. « Je surveille, alors », ajouta-t-elle. Et elle alla se pencher à la balustrade. De là, on voyait l'allée bordée de buissons qui conduisait au garage en brique dans laquelle étaient garées en file indienne la vieille Citroën du chauffeur, une Audi noire et ce qui ressemblait à une Mercedes – elle était presque engouffrée à l'intérieur, alors on ne pouvait pas distinguer l'étoile en métal surmontant le capot. Et juste à côté de la berline – ce devait être une Classe S –, on apercevait, dépassant elle aussi de l'entrée du garage, la roue arrière d'une moto ; Sarah eut un frisson. Le moteur grondait. Le pneu vibrait et les feux orange se mirent à clignoter. Puis tout s'éteignit ; une seconde plus tard, une main apparut, caressa tendrement le garde-boue.

Sarah entendit jargonner des voix lointaines ; l'une d'elles avait l'inflexion aiguë qu'elle était venue chercher. « Il est là ! » s'exclama-t-elle dans un rire nerveux, se tournant vers Chirine – elle ne répondit pas. Elle était restée adossée contre le châssis de la porte vitrée et regardait ses pieds. « Ça va ? » lui demanda Sarah. Chirine leva ses yeux rouges vers elle. « Si elle veut pas que mon père la frappe, lança-t-elle en regardant Sarah, pourquoi elle rentre du marché à quatre heures de l'après-midi ? »

Et elle se mit à pleurer, le visage dans les mains. Normalement, Sarah n'avait jamais de peine pour les gens qui pleuraient ; et la seule chose qui l'intéressait, à cet instant, c'était Driss, là, en bas, à quelques mètres d'elle. Sa mère aussi pleurait, devant le *viouzabi* pour avoir des assiettes gratuites, et elle-même versait une petite larme quand les flics la voyaient chaparder sur un étalage – chaque fois, les yeux mouillés leur faisaient dire : allez, casse-toi, c'est bon pour cette fois. Face à un garçon aussi, pleurer ça faisait bien, de temps en temps et sans raison particulière, simplement pour se donner l'air fragile. Alors Chirine, elle n'allait sûrement pas la lui faire. Mais elle parla.

Elle dit que, de toutes les façons, elle n'en pouvait plus, de cette maison, qu'elle allait prendre un appartement seule, pas mariée, oui exactement, pas mariée, qu'elle s'en foutait et qu'elle avait pas peur, et que si son père voulait pas lui en payer un, d'appartement, elle irait travailler, tous les jours, et qu'elle allait lui foutre la honte à aller travailler comme ça tous les jours et que tous les vieux diront : quelle honte, Chirine travaille, son père n'a plus un rond ou quoi, et qu'il oserait plus regarder personne en face et que ce sera bien fait pour sa gueule.

Voyant Chirine s'épancher ainsi, sanglotant de plus belle, Sarah se retrouva projetée dans le temps où, petite fille, elle parlait encore aux gens. Lors de la journée de Noël au Cercle amical des Français, elle jouait à la marelle avec une fille blonde lorsqu'une dame aux boucles d'oreilles en perles était venue lui parler. Qui est ta maman ? avait-elle dit avec un sourire doux, et Sarah, naïve, avait montré sa mère du doigt, là-bas, grosse, seule contre un mur, un verre en plastique à la main. Elle n'avait pas vu le dégoût dans le regard de la dame alors que celle-ci demandait si c'était vrai qu'elles habitaient loin, après la gare, à Hay Mohammadi, à côté des Carrières Centrales ; si c'était vrai que, parfois, des hommes venaient dormir chez elles le soir et partaient dans la nuit. Alors, comme Chirine, pleine d'innocence, Sarah avait parlé – oui, c'était vrai –, elle avait raconté Cannes, le gros Joe, le voyage en bateau jusqu'à Tanger avec Didier, le magasin qui était jamais apparu, le bidonville de l'autre côté du grillage, les amis de sa mère. La dame, après l'avoir patiemment écoutée avec ses oreilles de perles, avait répondu : d'accord, très bien, merci, puis elle avait empoigné la petite fille blonde et lui avait dit : on y va, Camille. Sarah avait su, même si elle n'avait que dix ans, que tout était la faute des mots, toujours la faute des mots ; qu'ils venaient, comme des coups de feu, détruire l'équilibre des marelles ; qu'elle aurait dû se taire. Elle eut honte, et elle ne parla plus jamais. Les fois suivantes, au Cercle amical des Français, personne ne voulait jouer avec elle ; on racontait que c'était la fille d'une pute.

Sarah alla s'adosser près de Chirine.

« C'est un connard, ton père », dit-elle.

Elle lui prit la main. Dans *Marimar*, les personnages se prenaient la main quand ils voulaient se consoler les uns les autres. Chirine haussa les épaules en soupirant.

« Non, c'est comme ça. C'est un homme. »

On entendit soudain un moteur démarrer ; vite, Chirine lui indiqua le chemin du garage.

13

Elle avait à peine posé la pointe de sa basket sur l'herbe du jardin qu'elle entendit le bruit. Le garage était à droite, plus loin, après d'autres escaliers rouge brique qui donnaient sur une pente, au bout de laquelle Sarah devait voir un tas d'outils, quelques pneus empilés, la Mercedes et peut-être Driss sur sa moto. Dis-lui que c'est moi qui t'envoie, avait dit Chirine, qu'on était ensemble là-haut et qu'il faut qu'il te raccompagne chez toi. Mais c'était trop tard ; le moteur, là-bas sur la pente, s'emballait – Driss partait. Il fallait courir, très vite, plus vite qu'une moto, et courir, Sarah savait faire pour échapper aux gars dans la rue, aux vigiles, aux flics et aux surveillantes des heures de colle. Maintenant, c'était elle, la surveillante, le flic qui empêche les malins de s'enfuir, et ça, c'était nouveau. Mais elle était certaine qu'elle y arriverait très bien. Après tout, elle ne faisait que ça, en ce moment : courir après lui.

Plutôt que d'aller vers le garage qu'il quittait,

elle fonça vers la porte d'entrée qui donnait sur la rue, l'ouvrit sans prendre la peine de la refermer, se précipita sur le trottoir. Il était là, déjà à cinq mètres de l'entrée du garage, le dos courbé et les cheveux couleur de cendres s'éloignant à toute vitesse, s'évanouissant dans le carrefour. Elle courut. Et alors que ses talons cognaient l'un après l'autre contre l'asphalte, que son souffle s'accélérait, que les palmiers et les villas reculaient à mesure qu'elle avançait, elle eut soudain l'inquiétude légitime que, peut-être, l'atteindre était impossible, qu'on ne pouvait pas rattraper une moto en marche déjà hors de vue, qu'il allait trop loin, que la moto coûtait trop cher et qu'il ne voudrait jamais d'une pauvre comme elle. Si une fois arrivée au carrefour je ne le vois nulle part, je m'arrête, j'abandonne, pensa-t-elle, à quelques mètres seulement du croisement où il avait disparu. Elle n'eut pas le temps de le faire. Elle courait encore lorsqu'il réapparut, soudain, volant presque dans le croisement pour faire un demi-tour. Il prenait la rue dans l'autre sens ; c'était lui qui fonçait vers elle.

Elle avait failli se prendre la moto en pleine face – il freina juste à temps. Sarah avait viré sur la droite si violemment qu'elle tomba, le visage entre ses bras.

« Ça va ? Ça va ? »

Il s'accroupit près d'elle et lui secoua l'épaule – je suis désolé, putain, je suis désolé. Il parlait sans s'arrêter, je t'ai pas vue, je m'attendais pas à, je pensais pas que, je roulais, comme ça, je roulais. Elle ne l'avait jamais entendu dire tant de mots d'un coup. Elle se releva lentement, pressant ses genoux égratignés sur l'asphalte en gémissant un peu, même si elle n'avait pas mal. Une fois accroupie, elle lui tendit sa main rougie, où s'étaient décollés quelques morceaux de peau, et il la prit sans hésiter pour l'aider à se relever. Elle n'en avait pas besoin, de cette aide, mais elle sentit enfin sa peau douce sur sa paume rugueuse et sanglante, comme une information nouvelle qu'il dévoilait sur lui et dont elle s'emparait, affamée – la peau de la main de Driss est douce – et, en se relevant, elle enserra de ses doigts cette peau, et ce fut comme la poignée de main qui enclenchait et finalisait leur accord à venir ; la poignée de main qui disait : marché conclu.

« Ça va, j'ai rien, dit-elle en chassant la poussière de son jean.

— T'es sûre ? Je savais pas, je pensais pas que tu serais là à courir… J'étais chez Chirine, je… »

Sarah l'interrompit :

« Tu me ramènes chez moi ? »

Il la regarda, blême, la bouche entrouverte, les sourcils froncés, comme s'il tentait de décrypter une phrase en langue étrangère. Puis il eut un soubresaut d'éveil.

« Oui, oui, bien sûr. Monte. »

Ils traversèrent Anfa, puis le quartier d'Aïn

Diab avec ses lotissements à deux pas de la mer, ses bars cachés à l'arrière de terrains vagues, son parc d'attractions Sindibad juste à côté d'un champ de tournesols – au bord de la route, la figurine géante du personnage de dessin animé, garçon souriant, un turban sur la tête, un oiseau sur l'épaule, indiquait l'entrée du parc. De loin, on pouvait voir la grande roue qui se bloquait parfois, mais aussi les vendeurs de *jabane* devant l'entrée qui se promenaient avec leur grande tige de bois entourée de la pâte de nougat blanche, collante sous le plastique qui la protégeait des mouches. Ils en découpaient des morceaux à la demande avec un cutter, ils disaient : deux dirhams, avec leurs sourires sans dents. Sarah n'avait jamais vu un vendeur de *jabane* qui avait des dents. Personne ne semblait en tirer de conclusion sur le *jabane* en question, et on continuait à en acheter des morceaux à deux dirhams dès qu'on apercevait la tige en bois au milieu d'une rue. À la porte de Sindibad, c'était toujours noir de monde, les femmes voilées avec deux gosses dans les bras se faisaient dépasser par les gars des bidonvilles qui essayaient de se glisser entre les barreaux avant d'être rattrapés par les vigiles, leurs coups de pied, leurs cris – cassez-vous, sale race, j'appelle la police, je vous envoie en prison ; les enfants de l'école publique se jetaient sur le vendeur de *jabane*, qui coupait à tout-va avec son cutter, manquant de se crever un œil, et leur maîtresse leur courait après, paniquée, hurlant les prénoms les uns après les autres, Jawad, Tarik, Othmane, Nabil, Meriem. Autour, le ciel était déjà bleu roi, il y avait la fumée des stands de brochettes, l'odeur de l'iode car la mer était proche, les voitures qui klaxonnaient, coincées entre les mendiants, et, au-dessus de tout le monde, le chant de la mosquée.

« Encore tout droit ? » cria Driss en tournant un peu la tête vers elle.

Elle lui indiquait le chemin depuis dix bonnes minutes et il ne s'était pas encore rendu compte qu'elle le faisait tourner en rond.

« À gauche ! » lança-t-elle.

Lorsqu'il ralentissait entre deux voitures embouteillées, ou lorsqu'il respectait les feux rouges, Sarah approchait son nez de son cou et respirait son parfum – c'était le Giorgio Armani que tout le monde achetait chez Aïcha Parfumerie, le même que Kamil et quelques mecs de sa classe. Elle avait senti mille fois cette odeur de frais, d'eau salée, de mandarine ; depuis le début, se dit-elle, depuis des années, c'était déjà Driss qu'elle sentait.

« Arrête-toi là », dit-elle.

Il était arrivé juste devant la mer, dans la partie la plus calme de la Corniche, pas loin de la mosquée. Driss arrêta la moto ; il regardait les vagues devant lui s'échouer sur le sable gris, les sacs en plastique qui s'envolaient avec les pigeons, et les bouteilles d'eau vides qui roulaient entre les coquillages.

« Tu habites dans le coin ? » demanda-t-il.

Dans le coin, il n'y avait rien que la route, la mer, la mosquée et un centre de chirurgie esthétique qui s'appelait Centre de chirurgie esthétique.

« Ouais, répondit-elle en descendant de la moto. J'habite dans l'Atlantique. »

Il se tourna vers elle, l'air perplexe pendant quelques secondes. Puis il sourit.

« N'importe quoi. »

Son visage s'était détendu ; les feuilles de thym de Loubna frémissaient au-dessus de son nez. Il tenait toujours fermement le guidon.

« Tu viens avec moi chez Americano ? » dit Sarah.

Sans attendre de réponse, elle tourna le dos à la mer et traversa la rue. Elle entendit le moteur s'éteindre, puis des petits pas se presser derrière elle.

14

Juste derrière le centre de chirurgie esthétique, il fallait prendre la première à gauche, puis tout de suite à droite. On trouvait alors une rue déserte, minuscule et sans arbres, qui ne comportait rien d'autre qu'un terrain abandonné où les garçons venaient traîner ; en face, il y avait Americano. Ça sentait les grillades depuis les trois rues d'avant. Les gens attendaient leur tour devant les *chouay*, deux barbus qui prenaient les commandes et réalisaient tour à tour, une broche à la main, les sandwichs kefta, les pains brochettes, les frites ou les assiettes merguez. Devant l'enseigne, il y avait trois tables Coca-Cola en plastique rouge, mais tout le monde préférait aller manger assis sur le terrain d'en face. On s'y éclairait avec les briquets qui allumaient les joints, on se balançait à la gueule les serviettes sales, on faisait rouler les canettes de Pom's sur la terre brûlée ; ça finissait parfois en baston, ou alors en partie de foot. Kamil aussi venait de temps en temps manger un sandwich ici, la nuit – il disait que c'était vraiment pas mal comme viande, et que ça lui faisait plaisir de se mêler un peu aux vraies gens de son pays. Il prenait toujours un pain kefta sauce moutarde; il retournait le manger dans sa voiture, portes verrouillées.

Sarah passa devant tout le monde, Driss derrière elle. La plupart du temps, les gens dans la queue n'osaient pas s'indigner lorsqu'elle les dépassait; ce devait être la fille de quelqu'un d'important. Avec Kamil, ça marchait encore mieux. Les quelques fois où elle s'était fait engueuler, elle avait crié plus fort – tu verras quand je le dirai à mon père, connard –, et ils s'étaient tus.

« Tu veux quoi ? » demanda-t-elle, arrivée en face de l'un des deux barbus. Devant lui, il y avait des bassines de tomates en rondelles, de salade verte, d'oignon rouge et de persil; derrière, la viande sur le gril dégageait de la fumée et l'autre *chouay* plongeait les frites dans des cuves d'huile bouillante.

Driss avait les bras croisés; il regardait autour. « Rien », répondit-il.

Elle commanda pour elle un sandwich merguez-frites-ketchup-mayonnaise, qui lui fut tendu une minute plus tard enrobé dans du papier blanc. À l'intérieur du pain, les frites étaient molles et poreuses, baignées de sauce, comme elle aimait. Dix dirhams, dit le *chouay*. Alors elle plongea sa main libre dans la poche arrière de son jean. Elle était en train de fouiller dedans – la poche était vide –, quand Driss se mit à gigoter :

« Non, non. Il faut pas que tu paies. »

Il sortit, fébrile, de son portefeuille un billet de vingt et entraîna Sarah sur le côté, près des tables.

Comme les tables étaient prises et que Driss regardait les gens sur le terrain avec effroi, elle mangea le sandwich debout, en face de lui, la fumée des brochettes parvenant par vagues sur son flanc gauche. Elle mordait, avide, dans le pain, emportant un peu du papier blanc entre ses dents, avant de grimacer et de le retirer de sa langue à l'aide du dos de sa main. La sauce coulait sur son menton. Tu veux pas le manger chez toi, plutôt qu'ici ? disait Driss entre deux silences, et Sarah répondait la bouche pleine – non, on est bien ici. Quand elle eut fini, elle froissa le papier, le jeta par terre, essuya sa bouche et regarda Driss dans les yeux.

« Tu peux m'embrasser, si tu veux. »

Le visage de Driss ne bougeait plus. Même les cils avaient cessé de battre, et le thym lui-même, à l'intérieur de l'iris, s'était raidi, comme si le vent sur les collines où il poussait avait soudain freiné ; comme si la sauce dans le tajine ne bouillait plus et que, sans la vibration des bulles, les branches de thym au milieu de la viande s'étaient figées. Son regard était vide. Sarah l'aurait juré, il n'y avait plus d'air qui sortait de son nez crochu, pas plus que de ses lèvres pétrifiées, serrées l'une contre l'autre. C'était comme être face à un mort. Tout reprit vie enfin, lorsque sans prévenir, il s'éclaircit la gorge.

« Je sais pas, murmura-t-il. J'ai jamais... »

Chirine le lui avait confié, au 17 Étages : je ne crois pas qu'il ait déjà embrassé une fille. Elle avait raconté comment, depuis l'adolescence, il avait toujours été là, seul, à jouer aux cartes pendant que les autres draguaient dans les soirées chicha. Même aveuglé par les volutes de fumée goût pomme, il continuait de jouer aux cartes. Lors d'un week-end à Marrakech deux ans plus tôt, Badr et Alain s'étaient partagé les putes dans la chambre d'hôtel, et Driss passait ses journées avec Chirine sur les transats du solarium, une menthe à la main ; avec l'autre, il lui apprenait les règles du rami.

« Alors tu n'as qu'à fermer les yeux, dit Sarah, et je t'embrasserai, moi. »

Le visage de Driss s'immobilisa à nouveau. Il était surprenant de le voir ainsi se paralyser à chaque ébranlement ; mais, de ce droit de vie ou de mort sur lui, Sarah se délectait, détentrice nouvelle du pouvoir, quand toute sa personne – celle de femme, celle de pauvre – l'avait depuis toujours condamnée à être dominée.

Driss revint à la vie ; et il ferma les yeux. Ses lèvres tremblaient comme s'il retenait des larmes qui, dans une seconde, allaient dégorger de ses paupières, se déverser sur les joues, le cou, les petites jambes courtes et le trottoir. Il fallait empêcher que la rue entière ne se trouve noyée ; Sarah s'approcha. Il n'était pas beaucoup plus grand qu'elle, alors il n'y avait pas besoin de tendre la nuque, de se mettre sur la pointe des pieds – il suffisait de faire un pas et d'avancer la tête. Elle le fit – elle pressa sa bouche contre sa bouche qui tremblait encore. Elle demeura d'abord ainsi, inhalant patiemment les effluves de savon noir, d'huile d'argan, de Giorgio Armani et de chlore ; c'était bien une peau de riche. Ensuite seulement elle remua les lèvres, ajoutant la salive, et elle sentit le torse de Driss convulser de panique, et sa bouche rester raide, tétanisée face à l'intrus. Elle fut contrainte d'user de violence. Sa langue se projeta à l'intérieur, forçant le passage, livrant bataille aux dents, et une fois en place, colonisa la cavité entière, le palais, les parois des joues, les gencives, chacune des molaires. C'était chez elle, maintenant. Et à mesure que l'offensive se modérait, que la mâchoire d'en face se délassait et que sa langue à lui aussi venait conquérir chaque millimètre de sa muqueuse à elle, elle pensait : peu importent la bave, la brusquerie, ma gorge presque étouffée, puisque cette bave, cette brusquerie, cette gorge étouffée viennent de lui, le plus riche de Casa, peut-être aussi riche que le roi.

« Papiers du mariage. »

Une lampe de poche s'était braquée sur eux. La lumière était si aveuglante qu'ils durent se séparer pour se couvrir les yeux ; entre ses doigts, Sarah distingua la silhouette d'un flic en uniforme, une casquette bleu et blanc sur la tête et de la mayonnaise sur sa moustache. Il tenait dans sa main libre une assiette merguez.

« Papiers du mariage ou c'est le poste direct. »

Derrière eux, les gars assis aux tables Coca-Cola se marraient, du persil entre les dents. « Doucement, doucement », dit Driss en agitant la main pour chasser la lumière. Il avait prononcé les mots en arabe presque immédiatement, comme s'il les avait lus dans un manuel de voyage dans la section « Comment réagir avec la police ». « Attends-moi ici », dit-il à Sarah en entraînant le flic sur le côté. Il y avait l'odeur des brochettes, les gars des tables Coca-Cola qui la sifflaient : t'es belle petite, le bruit sur le terrain d'en face avec les chants du Raja, l'équipe de foot de Casa ; il y avait le vent frais de janvier, le tintement des canettes qui s'entrechoquaient, les insultes, les crachats ; et il y avait Driss, là, sur le côté. Elle le voyait, géant sur ses jambes courtes, une main tranquille sur l'épaule du flic, et l'autre fouillant sa poche pour lui glisser un petit billet de cent, sa bouche lançant quelques blagues entendues, un clin d'œil de temps en temps ; et le flic en face souriait, attrapait le billet, donnait à Driss une tape dans le dos, allez, prends une merguez, Sidi, ça me fait plaisir. Driss, le géant au milieu des pauvres, Driss le géant qu'elle venait d'embrasser, pensait Sarah ; avec son fric, il n'y aurait plus jamais de flic, plus jamais de lois – ce serait eux deux, la loi.

15

À chaque début du mois de février, on attendait la pluie et il ne pleuvait pas. Alors, à l'appel du roi, les croyants se mettaient à prier. On les voyait au journal télévisé, les chefs d'entreprise à genoux sur le sol en direction de La Mecque, à côté des chauffeurs et des gardiens de voitures, ou les rabbins, debout, les épaules couvertes par un *talith* dans les synagogues, et les mendiants du cimetière juif, la kippa sur la tête, récitant les prières entre les tombes – la présentatrice annonçait en arabe : les communautés se rassemblent pour la pluie. Et chaque année, à la mi-mars, il finissait par pleuvoir, et chaque année, c'était un miracle. Le roi faisait un discours sur Dieu et la fraternité des peuples, peu importent les noms, la religion, l'argent, le statut social – le Maroc marche main dans la main, disait-il. Au bidonville, les gamins trempés sautaient dans les flaques d'eau, avalaient les gouttes de pluie la tête en arrière, et, dans le salon de Sarah, la mère d'Abdellah pleurait devant la petite télé. « Main dans la main », elle répétait.

À la mi-mars 1994, comme tous les ans après les prières, il pleuvait. Sur la plage 56, les gouttelettes dispersaient des taches d'ombre sur le sable et ça faisait comme les fourrures motif léopard des mères à la sortie des crèches privées quartier Triangle d'Or, à la différence que là les pauvres jouaient au foot dessus. Personne ne se baignait avec ce temps, sauf les fous. Quand la nuit commença à tomber ce soir-là, tous les mecs qui traînaient encore là remontèrent un à un jusqu'à la rue, un peu essoufflés, leurs gueules mouillées et leurs joggings pleins de sable, leurs baskets qui éclaboussaient tout le monde. «Fils de pute», lança Yaya après avoir reçu du sable en plein visage. Il s'essuya les yeux d'abord avec ses doigts, puis avec un bout de la serviette sur laquelle il était assis. «Putain, j'en ai partout», dit-il en se levant. Il passa le joint à Sarah et alla se rincer dans la mer.

Elle lui avait tout raconté pour Driss: le baiser devant Americano un mois et demi plus tôt, et les semaines ensuite. Et puis Yaya avait posé cette question: mais ça te dérange pas? Elle avait haussé les épaules – non, ça me dérange pas. Ces six dernières semaines, Sarah avait souvent entendu la question murmurée derrière son dos – ça la dérange pas, un mec pareil? À La Notte, Badr et Alain, la voyant accrochée au cou de Driss sur la banquette, se lançaient des regards perplexes. Pareil pour les filles du lycée qui, embrassant à pleine bouche leur partenaire de slow, gardaient un œil ouvert sur le nouveau couple enlacé. Les femmes mariées, jambes croisées, un verre à la main, s'échangeaient leur bon sens – bien sûr, c'est pour l'argent –, avant d'ajouter d'un air distrait, les yeux plongés dans le dos velouté laissé nu par la robe neuve de Sarah : mais quand même, ça la dérange pas ? Peut-être que la laideur de Driss s'était dilatée devant sa beauté à elle, colonisant l'espace désormais ; peut-être que, à présent affublé d'une petite femme pressant perpétuellement son bras, ses silences de motard, ses bégaiements, son air apeuré, ses brusques mouvements saisissaient chaque témoin un peu plus brutalement. Mais non – ça ne la dérangeait pas. Quand elle avait dit ça à Yaya, il avait soupiré : quand même, c'est pas suffisant, son fric. Elle n'avait pas eu le temps de répondre – tout de suite après, il avait reçu le sable et était allé se rincer les yeux dans l'eau. Depuis sa serviette, Sarah l'observait s'asperger le visage, accroupi devant l'écume en maugréant : putain, c'est froid.

C'était dans la mer que Yaya avait perdu son frère. Sarah le savait parce qu'il l'avait raconté une heure plus tôt sur la Corniche, quand elle lui avait proposé d'aller voir la pluie tomber sur la plage – ça me fait drôle, la mer, j'aime pas trop, parce que c'est là qu'il y a eu la mort, de mon frère. Il le disait comme ça : il y a eu la mort comme il y a eu la pluie, apparue là au détour d'une vague, circonscrite dans un lieu précis par-delà lequel elle ne s'appliquait plus. Il n'y avait pas d'autre façon de la dire, cette mort, puisqu'elle était fausse. Son frère s'était en réalité fait renverser sur la route d'Aïn Diab à six heures du matin par une Bentley qui roulait à deux cents. Un fils Benchekroun, pestait Yaya ; j'étais petit, moi, je gagnais pas encore de fric. Alors sa mère avait accepté les trente mille dirhams de la part de la famille pour éviter la plainte. À l'enterrement, elle avait raconté à l'imam que son fils était mort noyé.

Quand Yaya revint s'asseoir près de Sarah sur la serviette, le visage ruisselant et les yeux rougis par le sel, il reprit le joint et ajouta que, là, dans l'eau, il s'était souvenu que, quelques mois plus tôt, une bande de cons ne l'avaient pas payé pour de la très bonne came, et que l'un des mecs était aussi un Benchekroun. Ce n'était pas la même famille, mais celui-là avait un oncle qui connaissait le roi, alors Yaya n'avait rien pu faire. Je les aurais défoncés, sinon, dit-il, je me fais pas faire la loi par les riches, moi.

Sarah avait voulu le lui dire, à ce moment-là – non, il ne les aurait pas défoncés, sinon, et si, la loi serait toujours faite par les riches. C'était pour ça que c'était suffisant, le fric de Driss ; pour ça que ça ne la dérangeait pas. Assise sur le sable constellé de cigarettes, entre le bruit de la pluie, les cris des mouettes, les coups de klaxon sur l'avenue et les insultes lancées par les joueurs de foot, Sarah aurait aimé raconter à Yaya ce qu'elle avait vu dans la maison de Driss. Entre la végétation, la salle de bains en marbre, les baies vitrées qui donnaient sur tout Casa, la piscine, il y avait une chose que Yaya ne pouvait pas seulement concevoir : il y avait le calme. Ce calme valait dix fois, cent fois sa laideur – c'était le calme éternel que rien ne pouvait déranger, à part peut-être la musique, lointaine et régulière, du sécateur du jardinier ; rien, ni une Bentley tuant un gosse des rues, ni une dette à payer, ni la police. Tant que dans le portefeuille de Driss il y aurait des billets, ces billets inépuisables d'aussi riche que le roi, alors chez lui, chez elle, ce serait le vrai calme : la fin de l'injustice, de la domination, de la violence ; le calme d'une maison où on a tous les droits. Mais Sarah ne le lui dit pas. À la place, elle ramassa un galet sur le sable. « T'as qu'à défoncer la mer, alors », et elle le lança dans l'Atlantique. Yaya se marra. Il prit un galet plus gros et il fit la même chose, avec, dans son geste, toute la rage qu'il aurait eue s'il avait pu les défoncer pour de vrai, ces connards de Benchekroun. Normal, pensa Sarah. Elle, elle aurait bientôt le calme, mais pour lui, la violence, c'était pour toujours.

« T'es contente, petite, t'as eu ce que tu voulais pour Driss », dit Yaya quelques minutes plus tard.

La pluie n'avait pas cessé, il faisait nuit noire et Yaya en était à son dixième galet. Il ne comprenait rien, décidément. Bien sûr que non, elle n'avait pas eu ce qu'elle voulait ; maintenant, il fallait l'épouser.

16

Juste après le baiser, quand Driss blaguait encore avec le flic, Sarah s'était enfuie. Pas comme une voleuse après avoir piqué de l'*aker fassi* chez Aïcha Parfumerie – il ne fallait pas qu'il sache –, mais comme une dame, la plus chic de tout le stand de brochettes et du terrain vague d'en face, même si son sweat était plein de ketchup. Elle avait marché lentement vers eux, distinguée, reine, avec sous chacun de ses pas un ressort qui projetait ses jambes dans des pas chassés somptueux ; sur le trottoir, elle volait, d'un vol tout nouveau, celui, légal et aérien, de ceux qui n'ont pas besoin de courir, ni pour échapper aux gens, ni après eux. Ce serait comme ça qu'elle marcherait vers lui le jour de leur mariage, un bouquet de roses blanches dans les mains, une ribambelle d'enfants tenant sa traîne ; ce serait comme ça qu'elle marcherait toute la vie maintenant. Le flic l'avait regardée, bouche bée : « Qu'est-ce qu'elle veut, celle-là ? »

Elle annonça : je dois m'en aller. Driss, après

encore quelques secondes de mort de son visage, se mit à trembler ; sa respiration devint haletante et sa bouche convulsait à intervalles réguliers lorsqu'il tentait d'émettre des sons. Le flic lui mit son assiette sous le nez : « Allez, prends une merguez, ça va te calmer. » C'est à ce moment-là que, d'un seul souffle, Sarah déversa les arguments : il était déjà sept heures, son père l'attendait de pied ferme sur le pas de la porte – le coup du père, ça fonctionnait toujours. Il fallait qu'elle rentre seule et qu'elle rentre maintenant. Alors qu'elle parlait, les yeux de Driss se voilèrent, et ses sourcils remontèrent en virgule vers le front plissé, dans un air de terrible inquiétude.

« Tu peux me donner l'argent pour le taxi, si tu veux. »

En refermant sa main sur le billet de vingt dirhams, Sarah lui donna un baiser furtif sur la joue. « Oh là ! » cria le flic, la bouche pleine. Et elle partit en courant.

Elle l'appela deux jours plus tard. Lorsque Kamil vint la chercher à la sortie du lycée, il la conduisit jusqu'à la maison de Chirine, à qui elle venait demander le numéro de Driss. Ça y est, vous vous êtes embrassés, dit-elle en sautillant au milieu de l'entrée, et elle courut à l'étage chercher son carnet d'adresses – il était bleu et plastifié, inondé de stickers en forme de fleur et de note de musique. Pendant que Sarah feuilletait le carnet, assise sur la banquette du salon où, l'avant-veille, elle avait échoué à remarquer la mère en djellaba beige, Chirine était debout dans le couloir de l'entrée – c'était là que se trouvait le téléphone. Elle composait tour à tour des numéros et, après un temps, elle lançait : « C'est Chirine, devine quoi » et annonçait la nouvelle – Sarah sort avec Driss. Mais si, je te jure que c'est vrai, devait-elle ajouter chaque fois. En écrivant les chiffres sur le dos de sa main, Sarah imagina que, déjà épouse de Driss, ce salon était le sien. Tout – les rideaux en taffetas, la banquette beige, la table basse en verre, le meuble à liqueur en bois – lui appartenait ; elle s'y était installée, entre deux plongeons dans sa piscine, pour rédiger une note de routine pour le personnel. Et dans le jus d'orange que la bonne de Chirine venait de lui apporter, Sarah sentit le goût du cognac de qualité supérieure qu'elle aurait siroté dans un verre en cristal, un diamant à l'annulaire, pour décompresser. Elle quitta la maison rouge en saluant Chirine de loin, qui répondit d'un signe rapide de la tête, le combiné encore à l'oreille. Dehors, Kamil attendait toujours. C'est lui qui la déposa à la téléboutique du boulevard Zerktouni.

Mais t'as qu'à téléphoner de chez moi, il disait, j'en ai rien à faire, de la facture. Il était très fier parce qu'il avait filé un billet à la Maroc Telecom pour choisir les six chiffres de son numéro : 007007, comme James Bond, t'as compris ? Mais Sarah refusait, je veux pas aller chez toi, je veux téléphoner d'une téléboutique, c'est comme ça. Elle savait bien que le prix d'un appel chez Kamil serait qu'elle retire ensuite son jean, puisqu'ils seraient là, près du lit, et que retirer son jean était le prix de tout, même du jean ; mais déjà, elle était fidèle à Driss. Kamil lui donna tout de même de l'argent pour l'appel, des bonbons Tofita et un paquet de cigarettes Marquise.

La devanture de la téléboutique était obstruée par un tas de bonbonnes de gaz empilées les unes sur les autres ; un mec les prenait sur son dos une à une avant de monter à l'arrière d'une mobylette qui faisait des allers-retours. Il portait un tee-shirt alors que le vent soufflait fort – certains disaient que, bientôt, il y aurait la pluie, alors même que le roi n'avait pas encore ordonné les prières. Derrière, on pouvait lire en lettres blanches sur fond bleu : « BALABAAK SERVICE – JOURNAUX – TÉLÉPHONIE – PRODUITS LAITIERS – FRUITS ET LÉGUMES ». Juste en dessous, le store rouge était imprimé de cinq logos de la Vache qui rit. Sarah dépassa la vitrine à boissons sur la gauche et les ballons de foot dans des sacs en résille accrochés à l'encadrement de la porte. Elle ignora les chips entassées jusqu'au plafond – ce n'était pas facile – et la pile de magazines français qui, cette fois-ci, dataient seulement du mois de novembre, ce qui n'était pas si mal. Une fois ses besoins en pizzas du Campus, en jus de chez Jus Ziraoui et en taxis remplis, la presse à scandale était la première chose que Sarah pensait à demander aux garçons ; elle lisait les interviews des chanteuses jusqu'à les connaître par cœur et se répétait leurs phrases comme des refrains lorsqu'elle marchait deux heures de chez elle au lycée ; c'était presque aussi bien que d'avoir le walkman que Kamil lui avait promis mais qu'il n'avait toujours pas acheté. Elle trépignait lorsque, sur le terrain de gym, elle surprenait les conversations des filles qui pouvaient se payer les chaînes françaises piratées. Elle apprenait alors les scoops des semaines avant de pouvoir les lire dans le prochain magazine, et lorsqu'elle l'ouvrait enfin, assise contre le grillage du bidonville, chaque information lue et déjà sue était une victoire, comme si son esprit avait influencé les pages – elle contrôlait le monde. Mais, cette fois, chez Balabaak Service, Sarah ne voyait rien d'autre que la cabine tout au fond. Les vitres étaient si sales qu'on peinait à apercevoir le téléphone gris vissé à l'intérieur. Une fois dedans, elle glissa une pièce d'un dirham dans l'interstice pour obtenir la tonalité. Elle composa les six chiffres écrits au stylo-bille sur le dos de sa main.

« Allô. »

Il y eut d'abord cet allô-là. À sa musique, Sarah sut qu'il s'agissait de la bonne. C'était un allô prononcé à l'arabe, l'intonation de la syllabe finale n'était pas celle, montante, de la question polie à la française. Le mot était sauvage, lancé comme une insulte – c'était l'aboiement qui affirmait : je suis là, moi aussi, et je vous emmerde. Lorsque Sarah demanda à parler à Driss, elle ne reçut pas de réponse – elle entendit simplement le fracas du combiné lâché, et puis un cri – Téléphone ! Il y eut du mouvement, une chaise qui se déplace, des pas dans les escaliers, quelqu'un qui éternue, et, soudain, sans prévenir, à nouveau un « allô » ; Sarah crut défaillir. Mais ce n'était pas Driss. C'était une voix fluette de jeune fille qui disait : Hamza ? C'est toi ? Sarah réclama Driss à nouveau, et à nouveau, il y eut du chahut. La petite jauge du téléphone cliquetait ; bientôt, il faudrait remettre un dirham. Enfin, après le bruit d'un froissement et un éclaircissement de gorge, ce fut la voix de Driss qu'elle entendit. Allô ? L'intonation montait.

Au milieu de la cabine, le combiné poisseux glissait entre les mains de Sarah alors qu'elle énonçait : c'est moi, c'est Sarah. Driss ne dit rien. Entre eux, pendant de longues secondes, il ne resta plus que le bourdonnement métallique de la connexion téléphonique. Alors elle se lança. Elle le lui demanda : est-ce qu'on sort ensemble, maintenant ? Il lui répondit : oui, d'accord. Elle lui proposa de le rejoindre chez lui et, après un silence, il accepta. Dans la téléboutique, Sarah acheta les bonbons, les Marquise, et rejoignit Kamil et la décapotable. Il la déposa à Anfa Supérieur, devant la plus belle villa de tout Casa. En ouvrant la portière, elle lui annonça qu'entre eux c'était terminé ; puis elle appuya sur la sonnette. Ça avait commencé comme ça.

17

Ça avait commencé comme ça, la découverte de Driss et, avec lui, de tous les Driss du Maroc – par la façon dont il avait ouvert la porte. Toute leur histoire à venir, sa violence, son absurdité, était contenue en cet instant, l'instant où Driss avait choisi d'aller ouvrir la porte lui-même, s'élançant vers l'entrée au tintement de sonnette, dévalant les escaliers pour distancer la bonne, puis tournant la poignée d'une main moite, les joues rougies et le souffle court. Sans dire bonjour, il avait sifflé : par là, vite. Et alors qu'il conduisait Sarah non pas vers l'entrée de la maison, mais vers le jardin, lançant des regards inquiets à la villa titanesque dont ils s'éloignaient implacablement, elle sentait, avec une clarté plus vive encore que la lumière du soleil de midi sur le parvis de la mosquée Hassan II, l'étrangeté muette de cet éloignement, le malaise. Descendant l'immense pente d'herbe fraîchement tondue, encore mouillée de l'arrosage du jardinier qui désormais se tenait en équilibre tout en haut d'une échelle, respirant le parfum des hibiscus remuant au vent, qui était fort ce soir, et voyant, tout au bout, se dessiner la piscine longue de vingt mètres, peut-être Sarah avait-elle déjà l'intuition des difficultés qui l'attendaient, celles qui commenceraient une fois en bas, près de l'eau, lorsque ses tentatives de remonter jusqu'aux murs de la villa fermée seraient contrariées, cette fois et chaque fois. Ou peut-être pas – en tout cas, ça ne l'arrêta pas.

Ils atteignirent enfin les dalles en pierre gris clair constellées de petites feuilles en aiguilles ; le vent secouait les branches d'un araucaria immense au-dessus de la piscine et les faisait tomber. « Le jardinier va ramasser », bafouilla Driss un peu pour lui-même, comme découvrant en même temps qu'elle les effets des bourrasques de la fin d'après-midi. Il n'avait pas regardé Sarah – ni plus tôt en lui ouvrant la porte ni en la menant jusqu'ici ; même lorsque, furtivement, il tournait le regard vers la droite pour vérifier qu'elle avançait toujours près de lui, ses yeux glissaient sur elle, comme avant. Là, près de l'eau et devant les feuilles échouées de l'araucaria, frottant compulsivement un jeu de clefs qu'il tenait entre les doigts, il vira brusquement vers la gauche. C'est à ce moment-là que Sarah la vit : au bout des dalles en pierre, entre les arbres, se fondait une petite maison de plain-pied. « C'est pour pas avoir à remonter jusqu'à la villa quand on nage ici », dit-il en s'avançant, la voix tremblante. Et alors qu'il insérait la clef dans la serrure, qu'il faisait glisser la baie vitrée sur le côté, qu'il entrait dans la maison – ce n'était qu'une grande pièce –, allumait les lumières, et s'asseyait, raide et maladroit, sur un gros canapé gris, ne sachant que faire de ses longs bras, Sarah était restée sur le seuil de la porte. Elle sentait dans ses joues la chaleur et dans son cœur battre le sang.

« Je le sais très bien. »

Ils se faisaient face, lui assis sur le canapé et elle debout dans l'encadrement de la porte, à deux mètres de lui ; elle dut élever la voix pour couvrir le sifflement du vent derrière qui s'agitait, faisait voler les pommes de pin.

« Je le sais très bien que cette maison, c'est pour pas avoir à remonter jusqu'à la villa quand on nage ici. »

En réalité, elle ne le savait pas ; elle n'avait jamais vu un jardin si grand qu'il nécessitait de construire une seconde maison près de la piscine, ni chez Badr, ni chez Chirine, ni même dans *Marimar* lorsqu'elle épouse Sergio. Elle portait des jeans rapportés de Paris, comme Chirine, et elle s'était fait voir dix fois, quinze fois, au café Campus, menu complet, Fanta Orange, milk-shake, double *ness-ness* ; jamais on n'avait vu son chauffeur, mais jamais on ne l'avait vue dans un bus non plus. On pouvait la savoir française, belle, et au goût des garçons, on pouvait remarquer qu'elle séchait les cours et qu'elle fumait du kif, on pouvait la trouver solitaire, mystérieuse, méchante. Mais on ne pouvait pas deviner qu'elle était pauvre ; c'était impossible.

Et pourtant Driss parla. Il se mit à tout débiter, vite, respirant à peine, comme la fois où, devant chez Chirine, ayant fait tomber Sarah en lui fonçant dessus à moto, il avait déversé des excuses inintelligibles. Je, désolé, je voulais pas dire que, je pensais juste que comme, ta robe bleue, chez Badr, recousue, et pas de montre, pas de bijoux, tes baskets, désolé, je pensais, enfin, je pensais pas que tu saurais, je veux dire, que tu saurais ces choses-là.

Il y eut un moment de flottement. Le langage de l'argent – Sarah n'avait pas prédit qu'il le parlerait si bien. Lui qui pourtant parlait peu, il l'avait appris parfaitement et depuis tout petit, comme une langue première, celle qui précède et qui domine tous les autres langages, avant même que ne soient prononcés les mots. Elle n'avait pas prévu de devoir avancer à visage si nu. Elle ne pourrait pas la lui faire, à lui ; il voyait.

C'était ainsi qu'elle était entrée, sans un mot, à l'intérieur de la grande pièce et s'était assise sur le canapé à côté de lui, sentant son odeur de Giorgio Armani, de savon noir. Elle avait regardé dans le vide, dans le silence, comme lui ; quelque part, une horloge murale cliquetait. Il avait dit après un temps : tu veux boire quelque chose, elle avait répondu : oui, du Pom's. Il était allé chercher la canette de Pom's dans la petite cuisine américaine derrière. Autour d'elle, il y avait un autre canapé gris, une table, un grand billard vert, et, sur les murs, des affiches d'expo, qui se passaient à Paris ; mais Sarah continuait à regarder à travers la baie vitrée encore ouverte à moitié, derrière laquelle la piscine tremblait et le vent ne s'était pas calmé. Il était revenu avec un plateau, l'avait posé sur la table, et ils avaient bu tous les deux du Pom's en regardant les feuilles à aiguilles tomber du grand araucaria. « Le jardinier va ramasser », répéta Driss.

Sarah reposa le verre vide sur la table. Elle se tourna vers lui, elle approcha son visage brun fait de terre cuite vers son visage fait de laideur, et elle l'embrassa. Ce n'était pas mieux que la dernière fois. L'embrassant, malgré la bave et la raideur de la langue qui tapait au fond de sa gorge, elle retira tour à tour ses baskets, son pull, son jean, sa culotte. Par étapes, elle lui avait appris à faire l'amour, se cognant parfois contre le coin de la table basse, devant ignorer le nez crochu, le menton pointu, la peau grasse, les dents de rongeur, se plongeant uniquement dans le vert de thym, de thym et de laurier, qui fondait, fondait dans les tajines de bœuf que préparait Loubna, dans une villa où il y aurait de l'or, des couronnes, des diamants sur le sol, et on trébucherait sur eux, dans la grande villa. Cette fois, Sarah ne prétendit pas que c'était la première fois.

Quand Driss avait proposé, plus tard, de la raccompagner chez elle à moto, elle avait accepté. Il avait dit : et ton père ? Elle avait dit : y a pas de père. Devant le grillage du bidonville, il avait eu un mouvement de stupeur et puis il n'avait plus rien dit. Entre eux, la vérité s'était installée comme ça, comme une feuille en aiguille qui tombe avec le vent sur une dalle en pierre et qu'on ne ramasse pas.

18

Sur le port de New York, en novembre 1993, l'agent portuaire avait sifflé l'arrivée d'un nouveau navire de charge sur son terminal à sept heures du matin. Sifflant, il s'était tourné vers les semi-remorques stationnés dans le hangar derrière en réalisant, avec ses bras, de grands mouvements circulaires – il y avait du vent à New York, ce matin-là, et l'air marin lui giflait le visage. Au signal, l'un des camions s'était engagé vers le quai et, à cet instant même, la sirène du bateau avait retenti – c'était un matin d'harmonie : le véhicule avait atteint la levée au moment précis de l'accostage. L'agent portuaire avait levé les yeux. Au-dessus de l'eau, le mât de charge s'était actionné ; son bras de géant avait plongé dans le brouillard et s'y était noyé. Il était réapparu une minute plus tard, un conteneur saisi fermement entre ses câbles. Il avait fallu près d'une heure et vingt semi-remorques pour décharger un à un les sept cent cinquante conteneurs du cargo. Parmi eux, trois conteneurs rouges arrivaient au terme de trente jours de voyage depuis Casablanca. Ils apportaient cinquante mille jeans chacun, expédiés par Jean's Fabric, la plus grosse usine de confection du Maroc.

Driss racontait ça chez Crep'Crêpe, où, sur une table en plastique, Sarah mangeait une gaufre Nutella-chantilly. Il ajoutait que le brouillard se disait *fog* en anglais, que le mât de charge, c'était comme une grue, que l'odeur de l'iode dans le vent était la même qu'ici car c'était le même océan, et à chaque nouveau détail, Sarah cessait de mâcher, fascinée, laissant voir, au milieu de sa bouche ouverte, la bouillie de pâte chocolatée qui macérait sur sa langue et ses dents. De temps en temps, une mouche venait bourdonner près de son visage, et elle devait la chasser, agacée ; ou alors c'était l'abruti de gérant de Crep'Crêpe qui avait encore monté le son de la petite télé suspendue dans le coin au-dessus de leurs têtes. « Baisse putain, Bilal », devait-elle aboyer, et Bilal aboyait en retour : « Ta gueule, c'est le roi. » On était début février 1994, le roi du Maroc faisait un discours pour appeler les croyants à prier pour la pluie, et Sarah n'en avait rien à foutre. Ce qu'elle voulait entendre, c'était l'Amérique.

« Normalement, continuait Driss, le client file au transitaire l'effet garanti par la banque à réception de la marchandise. Mais cette fois-là, ils ont pas voulu. Alors on fait que se battre avec eux depuis novembre. »

L'usine de Jean's Fabric était située dans

l'immeuble en face de chez Crep'Crêpe. Elle occupait six étages de sept cents mètres carrés chacun et était augmentée de deux autres usines à Sidi Moumen. « Mille deux cent trente ouvriers », précisait Driss. Habituellement, il partageait le bureau du sixième étage avec son père, mais cette après-midi-là, il avait fallu faire peur aux ouvrières de l'usine des pièces difficiles pour qu'elles travaillent plus, alors on leur avait envoyé le président. Son père parti, Driss avait pu rejoindre Sarah pour une crêpe.

En général, dès qu'il le pouvait, il la rejoignait partout – à la sortie du lycée après le travail, à la plage quand elle vagabondait, chez Jus Ziraoui pour payer ses jus, dans la téléboutique d'où elle lui téléphonait. En la quittant, il balbutiait chaque fois : demain, on pourrait se voir aussi, demain ? Alors ils fixaient un nouveau rendez-vous et puis un autre le lendemain, et puis encore un autre, et puis ce fut tous les jours. Tous les jours depuis deux semaines, Driss venait la chercher le soir après les cours, ou alors il quittait Jean's Fabric pour venir déjeuner avec elle, rien qu'une heure, où elle voulait ; tous les jours, elle voulait le café Campus.

Assis en face d'elle à la table, il la regardait mâcher le club- sandwich ; il ne parlait pas. Il voulait la voir tous les jours, Driss, mais il ne lui parlait pas. Il débarquait, pourtant, sur sa monstresse de moto, qui vrombissait toute la colère de ce pays, dont le grondement envahissait l'espace, faisait cesser les conversations, plaquer les mains sur les oreilles, pleurer les enfants ; mais à peine lui avait-il dit bonjour qu'entre eux retombait le silence. Sarah ne parlait pas non plus. Elle n'avait jamais eu à le faire avec les garçons, avant, rapport à leur braillement constant, alors elle n'avait pas appris. Ils mangeaient sérieusement, écoutant le claquement du couteau de Driss coupant en six parts égales son panini fromage et en même temps, le bruit de sortie d'air de la bouteille de ketchup au-dessus des frites de Sarah ; ils portaient la fourchette à leur bouche en regardant autour, les jolies filles aux lunettes de soleil sur la tête en plein hiver, pour le style à la californienne, les serveurs qui léchaient leurs doigts maculés d'huile piquante après avoir servi une pizza. De temps en temps, ils se lançaient un regard, comme pour vérifier que l'autre était bien là, ce qui – Sarah y pensait en avalant les dernières frites – avait tout de même son espèce d'importance, puisque dans leur cas, pour être ensemble, il fallait tout simplement être *ensemble*, l'un à côté de l'autre, et c'était suffisant. Ils se souriaient vaguement, puis ils se replongeaient dans la sauce, que Sarah raclait au pain de semoule, ou dans la menthe à l'eau – Driss soufflait dans sa paille, il faisait des bulles. À la fin du repas, Sarah disait : on y va ? Et ils s'en allaient.

Ils se retrouvaient tous les soirs chez Driss, s'installant côte à côte sur le canapé gris de la petite maison près de la piscine, regardant l'eau ondoyer ; ils s'entendaient respirer. Ils faisaient l'amour – alors qu'il buvait du Pom's les yeux dans le vague et qu'allongée sur le ventre à même le sol elle finissait de dessiner au feutre les contours des visages des stars dans les magazines de l'année dernière, maquillant les lèvres des hommes en rouge, elle décidait qu'elle s'ennuyait ; subitement, elle se déshabillait. La canette dans la main, il la regardait, ébahi. Puis c'était fini et personne ne disait grand-chose – elle entendait juste, la joue contre son torse, les battements de son cœur et le pschitt du flacon de Giorgio Armani dont il avait dû s'asperger avant de la retrouver. Au bout d'un moment, quelqu'un, depuis la grande maison criait : Driss ! Doucement, il se relevait, remettait son jean, son pull AC/DC et remontait le jardin jusqu'à la maison de sa démarche de canard. Il en revenait cinq minutes plus tard et il disait à Sarah : on y va. Elle, elle s'était déjà rhabillée. Ils repartaient ensemble jusqu'à Hay Mohammadi. Quand, devant chez elle, elle descendait de la moto et lui souhaitait bonne nuit par un baiser sur la joue, il se raidissait : demain ? On se voit aussi, demain, pas vrai ? Oui, elle disait, on se voit aussi, demain. Alors il se détendait, et en redémarrant, il souriait comme un enfant.

Le week-end, elle le regardait réparer sa moto dans son garage pendant une heure ; elle buvait du Tang orange à la paille, assise en tailleur sur des pneus empilés. C'est quoi, ça, que tu fais ? disait-elle de temps en temps. Driss marmonnait : les freins. Elle aspirait les dernières gouttes de Tang, puis elle allait s'en chercher un autre dans le sac en plastique de la *mahlaba* où, plus tôt, il les lui avait payés en plus de quatre paquets de Merendina et un yaourt à boire Raïbi goût fraise. Elle vidait dans son verre le petit sachet de poudre orange qui sentait le bonbon, allait le remplir au robinet rouillé, où l'eau sortait tout explosée ; elle retournait ensuite se jucher sur les pneus. Et maintenant, c'est quoi que tu fais ? demandait-elle une nouvelle fois entre deux gorgées. Encore les freins, répétait Driss. Une fois, juste pour voir, elle avait éloigné le verre de Tang de sa bouche et elle avait déclaré : demain soir, tu dois m'emmener au restaurant ; tu dois aussi m'acheter un walkman. Driss avait continué à changer les plaquettes de frein sans rien dire. Mais avec ces freins qui marchaient, le lendemain, il l'avait conduite au Boga Boga et une fois assis à la table, par-dessus la nappe blanche et la fausse orchidée, il lui avait tendu un walkman neuf, dans sa boîte. Elle s'était jetée dessus – c'était bien plus facile qu'avec Kamil. Elle avait dit merci, merci, et dans l'ivresse de ce cadeau, du logo Sony sur la boîte bleue et brillante dont déjà, elle avait déchiré le carton, du petit rectangle gris métallisé, glacé dans la paume de sa main, du casque audio, des cassettes qu'elle se ferait faire au marché noir de Derb Ghallef avec tous les tubes de Madonna, elle s'était exclamée : il est super, non ? Comme chaque fois qu'elle s'adressait à lui, il s'écoulait alors quelques secondes, pendant lesquelles Driss se pétrifiait, les sourcils froncés, emporté par une sorte de véhémente délibération intérieure. La réponse finit par tomber, enfin, comme la dernière goutte de jus de chez Jus Ziraoui, qui, lourde et lente, terminait enfin sa descente le long de la paroi du gobelet en plastique tenu renversé au-dessus de sa bouche ouverte : « Oui. »

À La Notte, les gens les regardaient bizarre, ces drôles d'oiseaux mal assortis qui restaient assis sur la banquette à observer les gens danser – lorsque Badr payait un magnum de vodka, il les trouvait si immobiles qu'il n'osait pas leur proposer un verre. Sarah buvait, comme Driss, une menthe à l'eau, et devant les rocks et les slows, ils étaient au ballet, elle peut-être vêtue d'une fourrure, ou d'une robe rouge comme dans *Pretty Woman*, tenant entre ses mains gantées des jumelles d'opéra, lui en costume, admirant les pas de bourrée et les saltos arrière. Tu veux boire autre chose ? lui demandait soudain Driss, alors que son verre n'était même pas fini. Non, disait Sarah. Ça va. Ils mangeaient ensuite côte à côte au 17 Étages au milieu du groupe qui chahutait, les taquinait, les appelait Tic et Tac, Belle et Sébastien. Vous allez pas vous décoller, à la fin ? Sarah se marrait, et Driss se renfrognait – on n'est pas collés, grommelait-il avant de mordre dans sa pizza.

À certains moments, il passait en *surchauffe.* C'était lui qui lui avait appris ce mot en parlant de sa moto, et il aurait pu tout aussi bien parler de lui-même, pensa Sarah, au vu de l'état dans lequel il se mettait simplement parce qu'il en parlait. Quelqu'un, quelque part, disait le mot *moto*, et il était alors pris de brusques emballements, il se mettait à parler très vite, comme secoué de la peur d'être empêché de finir, il listait les détails de la carrosserie, il précisait la mécanique, il soulignait les dates d'achat, de revente, de sortie. Ça pouvait durer trente minutes. Enfin, il reprenait son souffle et il se taisait. Ses épaules s'affaissaient, il baissait les yeux, comme un peu honteux d'avoir cédé à ce déchaînement – à nouveau, c'était le silence, l'épaisse flaque d'huile de leur silence. En plus de la moto, Sarah avait noté d'autres sujets qui provoquaient la surchauffe : les couteaux suisses, le Concorde, les jeux de cartes et, comme chez Crep'Crêpe, le port de commerce de New York. Elle les mentionnait quand elle s'ennuyait, pour se distraire, ou alors elle les découvrait au hasard d'une remarque. Chaque fois, c'était un spectacle ; elle cessait de mâcher.

Tous les jours, ils se donnaient à voir leurs visages nouveaux, et chaque relief, chaque spasme, tous les jours, les stupéfiait – c'était comme avoir la sensation, répétée à l'infini, de reconnaître un étranger. Au café Campus à l'heure du déjeuner, Sarah mordait dans la pizza et y goûtait le thym des iris inertes qu'elle apercevait sur le visage mort, impassible en face d'elle, dont la peau irrégulière formait des centaines de petits cratères gris comme les collines rocailleuses où la plante poussait, les matins arides, au bord de la Méditerranée. Alors elle pouvait le regarder des heures, ce visage laid et muet, car il était le monde ; et ce monde, bientôt, serait à elle, enserré entre les bagues en diamant sur chacun de ses doigts.

19

Elle était sortie de classe une heure trop tôt, à l'heure du déjeuner, parce que son salaud de prof d'histoire-géo avait grillé qu'elle mâchait un chewing-gum Bubbaloo saveur tutti frutti. Par la fenêtre, le groupe des petites reines se prélassait sur les bancs dans la cour, avec deux nouveaux sacs à main au compteur, et, se laissant distraire, Sarah avait fait une bulle. Ça suffit, Sarah, tu sors ! avait beuglé le prof. Et alors que d'un geste sec elle refermait sa trousse en rouspétant, il avait maugréé : *kassoula*. Ça signifiait cancre, bonne à rien, et ça l'agaçait d'être appelée comme ça, même si c'était toujours mieux que 405 Mazout, le surnom de Hakim, le gros au fond de la classe ; il était tellement lent à retenir les capitales qu'on aurait dit les vieilles Peugeot qu'on filait aux chauffeurs. Elle était allée attendre Driss assise sur le trottoir du café Campus. Ce n'était pas elle qui avait choisi le trottoir, c'était le connard de serveur. Il n'avait pas voulu la laisser entrer seule. Une fille seule dans un restaurant, ça se fait pas, il disait, ça fait mauvais genre ; j'ai pas envie qu'on ait des problèmes avec les flics. Sarah s'était énervée – quand c'était Kenza Bennani qui venait travailler après les cours, il n'avait pas peur qu'on la prenne pour une pute. Kenza Bennani, c'est pas pareil, avait-il sifflé – c'est la fille d'un grand industriel. Qu'il ait servi dix fois à Sarah une pizza, avec Driss bien visible en face d'elle ces deux dernières semaines, il n'en avait rien à foutre ; je t'ai vue avec des tas de mecs différents, alors qu'est-ce que j'en sais si t'es toujours avec le petit de l'usine de jeans ?

Driss avait foncé vers le serveur quand il avait trouvé Sarah le vent sur la figure à fumer des Marquise. Tu la laisses entrer, bégaya-t-il, en frappant du pied le sol, le visage levé vers lui – le salaud était plus grand de vingt centimètres. Attention à toi si j'entends encore une fois que tu l'as foutue dehors. Le gars s'était excusé platement, plié en deux tellement il se courbait ; il disait : excuse-moi, Sidi, pardon, je savais pas qu'elle était avec toi. Sarah avait craché : je veux pas rester là, de toutes les façons, alors ils étaient allés manger des escargots.

Il y avait des vendeurs d'escargots partout dans Casa, mais les préférés de Sarah, c'étaient ceux à l'arrière de la *jouteya* de Derb Ghallef. Il fallait dépasser les ruelles du souk, où se succédaient des tas de petites boutiques couvertes qui vendaient de faux sacs Louis Vuitton entassés à côté d'une collection de luminaires, des contrefaçons de montres de luxe, des téléviseurs et des boîtiers qui permettaient de pirater les chaînes françaises. Sarah et Driss avaient dû descendre de la moto tellement le Derb était bondé, et ils cheminaient douloureusement entre les pères de famille d'Anfa qui venaient faire réparer leurs lecteurs de cassettes vidéo, les petits gosses qui trimballaient la monnaie d'une boutique d'électronique jusque chez le bouquiniste. Sarah s'arrêtait tous les cent mètres. Le gars des casquettes Gucci criait : Lalla, viens essayer, ma belle gazelle, casquette qualité supérieure, qualité américaine ! Driss lui en avait payé une rouge et elle se l'était foutue sur la tête direct pour aller voir le gars des paraboles, qui pionçait toute la journée, assis sur son tabouret, et elles étaient toutes ouvertes autour de lui, les paraboles, comme d'immenses hibiscus gris, qui remuaient au rythme de son souffle. Tu as vu comme elles dansent, disait-elle à Driss. À Derb Ghallef, on disait qu'il y avait neuf cent quatre-vingt-dix-neuf boutiques.

Le vendeur d'escargots n'était pas facile à trouver ; il était planqué dans la rue El Basra, pas loin de l'hôpital et d'un lycée public d'où jaillissaient des filles en tablier blanc, qui tenaient contre leur poitrine de vieux livres à moitié déchirés en attendant le bus. Ça sentait l'anis vert depuis la fin du Derb. De sa grande marmite d'eau bouillante aux épices – le romarin, la réglisse –, sur une table en bouts de ferraille, le gars sortait à la louche des tas d'escargots qu'il distribuait dans des bols ; ça se bousculait devant lui à l'heure du déjeuner. Sarah et Driss lui en prirent une vingtaine – on extirpait la limace de la coquille avec une épingle de nourrice. « Tu l'as découvert comment, ce vendeur d'escargots ? » avait demandé Driss, adossé près d'elle contre un immeuble. Sarah avait haussé les épaules. Comme ça, avait-elle répondu. À cause de l'hôpital.

Avec sa mère, trois ans plus tôt, elles s'étaient pointées au Morizgo à deux heures du matin. On surnommait ainsi le CHU Ibn Rochd parce qu'il avait été fondé par Maurice Gau à l'époque du protectorat français, et qu'il avait porté ce nom jusqu'à l'indépendance ; c'était un grand hôpital comme dans les films, avec des pavillons blancs tout autour de pelouses et une entrée pour les voitures, mieux que les dispensaires nuls des petites villes ou les guérisseuses à la campagne. « Que Dieu vous aide », avait dit le taxi en les déposant devant – il ne les avait même pas fait payer. Monique avait débarqué en sang à la maison ; le gars chez qui elle avait dormi l'avait massacrée.

À l'intérieur du Morizgo, il y avait des tas de malades en salle d'attente qui se serraient les uns contre les autres, des hurlements, des béquilles qui roulaient par terre, des taches de sang ; ça faisait du tumulte. Mais quand on était pris en charge, qu'on voyait l'infirmière, c'était vite fini, le tumulte, parce qu'on se rendait bien compte qu'on n'avait plus qu'à se barrer. Il n'y avait pas quarante lits pour tout le monde – des lits en métal aux matelas fins – et pas assez de docteurs, dix stéthoscopes qu'on se passait de pièce en pièce, des armoires éventrées avec les pilules déversées sur le sol qu'on n'avait pas lavé et sur lequel des femmes se tordaient de douleur avant d'accoucher à même le carrelage. Les mamans dormaient sur une couverture pliée en quatre près de leur enfant parce qu'elles savaient qu'il n'y aurait personne pour s'occuper d'eux, ou bien parce qu'elles étaient venues de la campagne exprès, en troisième classe d'un train ONCF, et qu'elles n'avaient nulle part où aller.

Au milieu d'un couloir, après la consultation, Sarah s'était assise près de Monique et elle tenait sur son œil une compresse – il ne s'ouvrait plus à cause du choc, il était trop gonflé. C'était peut-être quelque chose à la cornée. Plus tôt, l'infirmière avait soigné les plaies du visage avec des pansements et de la bétadine. Mais pour l'œil, elle n'avait rien pu faire. Il fallait du collyre antibiotique, du collyre anesthésique et une pommade. On n'en a pas ici, avait-elle dit à Sarah, on n'a pas les moyens d'avoir tout ce qu'il faut. Si tu veux soigner ta mère, il faut que tu ailles en acheter à la pharmacie de nuit, à côté. C'était deux cents dirhams. Le pharmacien n'avait pas voulu leur faire un prix. Tout le monde vient de l'hôpital me demander les médicaments gratuits, petite ; si je le fais pour toi, je le fais pour tout le monde, et c'est moi qui me retrouve ruiné. Alors Sarah était retournée dans le couloir du Morizgo et, avec Monique, elles étaient restées là, par terre, à attendre que ça passe. Au petit matin, elles étaient sorties et, dans la rue El Basra, elles avaient trouvé un vendeur d'escargots.

20

La troisième semaine, il y avait eu les pâtisseries. Quand elle était rentrée, Monique s'était jetée sur la boîte. Tu as eu ça où, avait-elle dit les yeux brillants, une corne de gazelle s'effritant dans la bouche – dis donc, c'est Abdellah et sa mère qui vont être contents. Les miettes tombaient dans le creux de sa poitrine, qui paraissait plus colossale encore dans le décolleté en jersey mauve qu'elle portait, ce soir-là, pour l'occasion ; elle avait mis son rouge à lèvres violet. Dehors, la nuit tombait.

À leur arrivée, Abdellah et sa mère étaient effectivement contents en voyant les *ghribas* et les cigares au miel sur la table du salon. *Hayhay*, c'est le luxe ici, avait dit la mère, une fois installée sur le canapé, glissant un petit bout de *chebakia* dans la bouche du bébé accroché à son sein. Abdellah ricanait. Il s'était assis par terre, à cinquante centimètres de la radio, comme chaque fois qu'il venait ici pour l'écouter. C'est grâce à son petit mari, ça, avait-il dit, montrant Sarah du doigt. « Qu'elle le garde, alors », avait répondu sa mère.

Il avait raison, Abdellah, les pâtisseries venaient bien de son petit mari. C'était comme ça qu'il s'était mis à l'appeler à force de le voir, depuis trois semaines, déposer Sarah à moto tous les soirs à quelques mètres du grillage – ton petit mari. Une heure plus tôt, au coucher du soleil, il avait distingué une boîte en carton entre les fils de fer, passant de ses mains à lui à ses mains à elle. Tiens, c'est pour ce soir, avait soufflé Driss – mais ça, Abdellah ne l'avait pas entendu. Il n'avait pas non plus vu que la boîte venait de chez Bennis, la meilleure pâtisserie de Casa. Mais s'il avait vu la marque, entendu la phrase, peut-être aurait-il compris plus vite que Sarah ce que signifiaient ces pâtisseries-là – il était intelligent, Abdellah, et ses tentatives quotidiennes de vendre des chewing-gums Flash Wondermint en tapant sur les vitres des Porsche coincées dans les embouteillages lui avaient donné une compréhension fine de ce qui pouvait se passer dans la tête d'un riche. Mais Sarah, elle, ne vit pas tout de suite ce que les pâtisseries avaient de spécial. Elles ne semblaient pas bien différentes, en tout cas, de l'achat pour elle du walkman la deuxième semaine, ou de la casquette Gucci offerte juste après, qu'elle avait portée tous les jours depuis, même chez elle, même au café Campus ou dans la petite maison près de la piscine où ils se retrouvaient le soir. Tu veux pas te la coudre sur la tête pendant que t'y es, ta putain de casquette ? lui lançait sa mère quand elles se croisaient. Mais les pâtisseries, ce n'était pas comme la casquette.

De toutes les façons, assise entre sa mère et celle d'Abdellah qui se trémoussaient d'impatience, Sarah ne pouvait pas avaler un seul des gâteaux sur lesquels elles se jetaient, les doigts collants. Ce n'était pas qu'elle avait trop mangé au café Campus, à midi avec Driss – elle n'avait même pas pris de milk-shake. C'était qu'elle savait que, d'ici quelques minutes, un homme à la radio allait délivrer sa sentence, celle qui mettrait en péril, de façon imminente peut-être, le café Campus, à midi, avec Driss : car ce soir-là, c'était la Nuit du Doute. À Casa, à Marrakech, à Tanger, et ailleurs, tout le monde s'était arrangé pour trouver une radio. Même les familles d'Anfa Supérieur laissaient les bonnes et les jardiniers s'asseoir sur le canapé du salon pour accueillir avec elles la nouvelle ; dans les cafés des centres-villes, les gens s'entassaient autour des tables, l'oreille tendue vers le poste sur le comptoir, et ils lançaient des « ta gueule » si, dans un élan d'enthousiasme, la voix de quelqu'un venait à couvrir le son des publicités – la chanson en arabe des biscuits Biscolaty qui durait une minute trente, celle en français de la limonade Judor qui disait : Judor, la boisson aux reflets d'or. Entre les clients, le serveur passait, une théière à la main, et remplissait les verres

– cadeau du patron, il murmurait. Les chauffeurs de taxi arrêtaient leur voiture en double file sur les boulevards, montaient le son de l'autoradio ; parfois, ils laissaient des gosses des rues s'engouffrer dans le véhicule, serrés sur la banquette arrière. Et lorsque le générique de l'émission commençait, une inquiétude fébrile paralysait les visages. Au café, dans les maisons d'Anfa – chez Badr, chez Chirine –, dans le salon de Zineb en plein centre-ville, dans les taxis, et jusque dans la maison délabrée de Monique et Sarah à Hay Mohammadi, on cessait de respirer : le ministère des Habous et des Affaires islamiques allait annoncer la date de début du Ramadan.

Si un croissant lunaire était observé dans le ciel, le jeûne commencerait dès le lendemain, le 11 février ; c'était ce que Sarah redoutait. Elle appuyait frénétiquement sur les boutons de son walkman, priant pour qu'aucune lune ne soit observée et qu'ainsi le Ramadan ne commence qu'à l'autre date possible, c'est-à-dire le surlendemain. « Arrête avec ce bruit, putain », aboya Monique en tentant de lui arracher le walkman des mains. Ça ne faisait que vingt-quatre heures de différence, après tout, mais c'étaient toujours vingt-quatre heures de gagnées, et avec elles, deux ou trois restaurants et autant de jus. Driss, comme tous les ans, allait faire croire à son père qu'il jeûnait ; pendant un mois alors, il n'y aurait plus de café Campus le midi, pas de jus en sortant des cours, pas de Boga Boga le soir ou de crêpe chez Crep'Crêpe – cette perspective la terrorisait.

Moi, je préfère que ce soit demain, comme ça, ça finit plus tôt. Demain ? T'es folle Monique ou quoi ? Ça se voit que tu jeûnes pas, parce que nous, on n'a pas envie que ce soit déjà demain, on a encore besoin d'un jour pour se préparer. Quelle hypocrite, maman, tu jeûnes même pas toi, à cause du bébé. Et alors, tu jeûnes peut-être toi, Abdellah ? Bien sûr que je jeûne. C'est ça, ferme ta gueule, tous les ans tu sens la cigarette. Quelle cigarette ? Quelle cigarette ? Bien sûr que je jeûne moi, demande à Sarah, bien sûr que je jeûne, *yak*, Sarah, que je jeûne ? Dis-leur que je jeûne ! Mais fermez vos gueules, putain ! Sarah avait crié ça à la fin des publicités. À la radio, le jingle s'était relancé ; la voix du présentateur saluait déjà les auditeurs. Et alors que dans le salon, le silence s'installait, le verdict, mot après mot, se dessinait – *en ce 10 février 1994, à dix-neuf heures et quinze minutes, le ministère des Habous et des Affaires islamiques a fait parvenir à RTM le communiqué suivant…*

Le présentateur n'eut même pas le temps de lire le communiqué en question que la nouvelle éclata : la sirène retentit. Elle inonda Hay Mohammadi, les Carrières Centrales et peut-être même atteignait-elle l'usine de Jean's Fabric, à Sidi Moumen. À cette sirène répondaient toutes les autres sirènes de toutes les autres mosquées de Casa, celles des rues puantes, celle de la plage, en harmonie avec celles des autres villes, celles d'Oujda, de Laayoune, comme des loups hurlant à la lune. À Tétouan, derrière les murs de la citadelle de Jbel Dersa, surplombant toute la ville, on tira aussi des coups de canon ; leur écho, disait-on, traverserait le Rif entier. Et déjà dans le bidonville, les femmes poussaient des youyous derrière le grillage. C'était maintenant – le Ramadan commençait.

Dans un soupir, Abdellah et sa mère rentrèrent chez eux – il fallait préparer le *shour* du lendemain, avant le lever du soleil et le début du jeûne, pour lequel ils avaient emporté les pâtisseries qui restaient. Monique avait insisté – allez, pour demain matin, ça me fait plaisir. Elle avait pris soin, avant leur départ, de nicher trois *makrouds* dans la paume de sa main, qu'elle alla tout de suite manger dans sa chambre, porte fermée. Sarah s'était étendue sur le canapé. Sur le plafond, les taches d'humidité étaient les mêmes que chez Moustache où, dès demain, elle devrait retourner acheter à crédit un sandwich au thon et à la sauce tomate, comme avant. Elle irait le manger cachée à l'étage du café-billard avec les dealeurs, et elle verrait de la fenêtre les petites filles riches marcher jusqu'au café Campus, où, dans un murmure un peu affecté, elles confieraient au serveur qu'elles avaient leurs règles, qu'il pouvait donc prendre leur commande sans crainte de Dieu ou des flics à qui, s'ils se pointaient, elles se feraient le plaisir de répéter l'information pour lui éviter la prison. Flatté d'être dans la confidence et l'esprit désormais tranquille, peu perturbé de servir les mêmes filles trente jours d'affilée, il poserait sur leurs tables, avec un clin d'œil entendu, les paninis et les pizzas redevenus trop chers pour Sarah. Elle ne sut jamais si c'était cette idée-là qui la fit brusquement frissonner, ou si c'était le grondement de la moto dehors. Elle se leva, perplexe, ouvrit la porte. Et devant elle, la silhouette se découpant dans l'ombre, Driss était là. Il était revenu.

« Salut. »

Derrière Sarah, l'ampoule du salon clignotait. Ce fut alors comme si, toutes les secondes, elle allumait et éteignait les yeux de Driss, tantôt invisibles, tantôt fenêtres vers les collines du Haut Atlas. Pour cette raison, elle ne vit pas tout de suite qu'il avait dans les mains une autre boîte de pâtisseries de la marque Bennis. Elle vit seulement le thym, à nouveau le thym qui, même s'il n'était pas le vrai thym d'un tajine, même s'il ne calmait pas la faim, lui en faisait la promesse. Il la consolait soudain. Driss dut, pour la désenvoûter, lui tendre la boîte et articuler un mot, « tiens ».

« Mais tu m'en as déjà donné une, tout à l'heure », dit Sarah en voyant la marque imprimée sur le carton.

Driss inspira longuement. Son torse se bombait, ses lèvres tremblaient – c'était la surchauffe qui se préparait.

« C'est pour le *ftour* de demain, dit-il d'un coup, si jamais tu veux inviter dans ta maison Abdellah et sa mère, pour la rupture du jeûne, et aussi le bébé, et peut-être d'autres gens, mais il n'y en aura pas assez, si tu invites d'autres gens, alors je viendrai t'en apporter d'autres, il faudra que tu me dises combien de boîtes il te faut et je viendrai les déposer ici juste avant le *ftour* demain, il faudra que tu m'appelles d'une cabine téléphonique et que tu me dises le nombre de boîtes, si tu veux inviter du monde, et si tu ne veux pas inviter du monde, tu pourras donner la boîte à Abdellah et à sa mère, ça leur fera plaisir, mais alors peut-être que tu en voudras aussi toi, pour toi, je viendrai quand même t'apporter une autre boîte pour toi, et ta mère, ou plusieurs boîtes, il faudra que tu me téléphones et tu me diras le nombre de boîtes et je te les apporterai. »

En parlant, Driss fouillait dans la poche de son blouson en cuir. Il en sortit un billet de cent dirhams et le lui tendit.

« C'est pour demain, pour le café Campus si tu veux déjeuner même si je ne suis pas là, il y a assez je crois pour une pizza, un *ness-ness*, un milk-shake, des appels téléphoniques si tu veux téléphoner à quelqu'un, des jus, voilà, je ne sais pas si ce sera assez, mais demain, on pourrait se retrouver avant le *ftour*, ou après le *ftour*, enfin, quand tu voudras, et tu me diras si c'était assez, je viendrai te retrouver ici et tu me diras si tu as besoin de plus que cent dirhams, et si oui, je te donnerai cent cinquante dirhams ou alors deux cents dirhams, enfin, tu me diras, et si tu veux des magazines, j'ajouterai, il faudra que tu me dises, quand je viendrai, avant ou après le *ftour*, tu choisis, il faudra que tu me dises pour l'argent et aussi pour les boîtes, combien il te faut de boîtes. »

C'était comme ça que Sarah avait compris. Du temps où elle était encore avec Kamil, après chaque rendez-vous à l'arrière de sa décapotable ou dans la villa à Dar Bouazza, elle était toujours rentrée exténuée ; c'est qu'il fallait tour à tour lui plaire et lui mentir, ce qui, même constituant au fond une seule et même chose, lui prenait toute l'énergie des milk-shakes qu'il lui offrait. Il fallait faire passer sa misère pour des exigences de femme, qui flatteraient sa posture d'homme, et alors vivre dans la dépendance sans en prononcer le nom. Mais dans le silence avec Driss, tout était dit et il y consentait.

21

Yaya avait disparu. Dès le premier jour du Ramadan, elle l'avait cherché partout, tous les jours. À la seconde où la sonnerie de fin des cours retentissait, elle attrapait son sac à dos, quittait la salle, dévalait les escaliers du bâtiment K et sortait du lycée, devant lequel les voitures des chauffeurs s'entrechoquaient. Elle courait, bousculait les élèves qui fumaient, tranquilles, adossés contre la grille de l'entrée, elle traversait le boulevard Ziraoui à mille à l'heure, prenait la rue Sediki – plusieurs fois, elle avait manqué de se faire renverser par un bus. C'est alors qu'elle surgissait, hors d'haleine, à l'intérieur du café-billard. Six paires d'yeux aux paupières lourdes se levaient – amorphes sur les chaises en métal, les fumeurs de kif de la table de Haroun se dissolvaient de faim, de soif, d'envie de fumer. Mais derrière eux, chaque jour, la table du fond où Yaya enchaînait habituellement les boîtes de thon était vide.

Parfois, c'était pire : quelqu'un d'autre y

était assis. Sarah, dans le même sursaut, était prise d'une joie folle, immédiatement suivie d'une déception immense. Ça lui rappelait la fois où petite, au marché, elle avait vu son père – un militaire à la peau sombre, comme elle. Elle avait couru vers lui en écartant les bras. L'homme l'avait regardée avancer, l'air décontenancé, avant que sa mère ne la rattrape par le bras. Mais c'est pas ton père, lui, avait soupiré Monique, c'est rien qu'un militaire. Il avait fallu du temps à Sarah pour se remettre de cette cabriole du cœur dont, des années après, le choc lui revenait par ondes, comme des ronds dans l'eau, si d'aventure son regard croisait un treillis. La table vide de Yaya, ça faisait mal comme ça.

Elle ne se démontait pas. Elle se remettait à courir jusqu'à, cette fois, la rue Al Kabir, où, entre le feu rouge et Jus Ziraoui, elle le trouverait peut-être, accroupi. En courant, elle serrait dans sa main le billet de cent dirhams et préparait sa formule : « Devine où je t'invite ? » ou alors, façon film américain : « Prêt à manger au café Campus ? » Et elle lui agiterait le billet sous le nez. Lui, il dirait : arrête, tu me fais marcher, et il lui donnerait une tape dans le dos en lançant : t'es vraiment ma petite, toi. Évidemment, le café Campus n'accepterait pas de servir Yaya en plein mois de Ramadan. « La Française, elle peut manger, mais toi, tu te casses », dirait le serveur. Alors ils se mettraient tous les deux à chicaner, mais putain, vous pouvez pas le forcer à jeûner, qu'est-ce que vous en savez s'il est musulman, il est peut-être juif, qu'est-ce que vous en savez, putain, on peut rien faire dans ce pays de merde. Ils sauraient très bien que ça ne servirait à rien, que le serveur ne prendrait jamais la commande d'un mec qui a l'air d'un Arabe en plein mois de Ramadan, mais ça les ferait marrer de foutre le grabuge au milieu du café. Alors Sarah commanderait deux pizzas et ils les mangeraient cachés dans le terrain vague derrière l'auto-école de la rue Djila. Peut-être qu'une vieille les surprendrait et qu'elle se mettrait à hurler « Mécréants ! Police ! Mécréants ! » en tentant de les frapper avec sa canne, et peut-être que le flic de la rue commencerait à leur courir après en donnant des coups de sifflet. Eux, ils s'en ficheraient – ils courraient encore plus vite, la sauce tomate sur les dents. C'était comme ça que ça se passerait, tous les midis avec l'argent de Driss. Mais sur le trottoir de la rue Al Kabir, il n'y avait personne.

« Il est où Yaya ? »

Elle avait fini par poser la question, au bout de quatre jours, au café-billard. Haroun avait haussé les épaules.

« J'en sais rien moi. Peut-être en Tunisie. »

Elle mangeait sa pizza toute seule à l'étage, comme avant. C'était quand même meilleur que les sandwichs dégueulasses de chez Moustache, et ça, c'était du progrès.

Pendant le Ramadan, dans les rues de Casa, ça klaxonnait encore plus fort que d'habitude. Coincé dans les embouteillages, le chauffeur du taxi qui la ramenait chez elle après les cours baissait la vitre – on était en février mais il disait qu'il mourait de chaud. Il la contemplait dans le rétroviseur, curieux, accoudé sur le rebord. D'abord il sifflotait, tentant d'attirer son attention. Sarah, pour l'embêter, ignorait le regard qu'elle sentait sur elle et gardait les yeux rivés sur les femmes aux foulards de soie qui soupiraient dans les Mercedes bloquées sur l'avenue, ou sur les hommes agenouillés par terre, sur le trottoir, qui priaient pour la pluie depuis trois semaines. Elle savait qu'il allait parler. Et il le faisait – d'un coup, il lui lançait : « Qu'est-ce que va faire une fille comme toi à Hay Mohammadi ? » Sarah souriait – ces derniers temps, ils finissaient toujours par lui dire ça, les chauffeurs. Peut-être que sa casquette, son assurance en hélant le taxi, connaissant parfaitement le nombre de dirhams dans sa poche, puis, une fois à l'intérieur, son regard nonchalant sur la rue, et non sur le compteur, lui donnaient enfin l'air d'une riche ; ou peut-être sentaient-ils simplement l'odeur du thym.

Par la vitre parfois, des effluves de fumée de cigarette leur parvenaient. Alors le chauffeur se remettait à klaxonner au milieu des voitures en hurlant sur les religieux agenouillés sur le trottoir. Quelqu'un fume, il criait, il est où le connard qui fume ? Il est où, qu'on lui casse la gueule ? Puis les bagnoles se remettaient à avancer, et il oubliait. À son retour chez elle, Sarah sirotait le jus qu'elle avait planqué sous sa veste ; vers vingt heures, elle entendait la moto.

22

Un garçon qui ne parle pas, c'est infini. Avec le temps, ça peut devenir mille garçons à la fois – un militaire, un Sergio dans une hacienda. Semaine après semaine, pendant ce mois où le Maroc dort, dans la pénombre de leur petite maison, Sarah apprenait Driss, tentait de dessiner ses contours alors même que, verre de Pom's après verre de Pom's, il s'habituait à elle, ne demandant presque plus, les épaules crispées, s'ils se verraient encore demain.

Il s'endormait contre elle, sur le canapé gris, assommé par les pâtisseries du *ftour*. Chaque fois, son corps était pris de convulsions, comme s'il avait peur du sommeil. Elle regardait ses traits faits de violence, ce grand nez sur les lèvres minces, et y voyait un visage ami dont parfois, alors qu'il ronflait, elle touchait le front du bout du doigt. À son réveil, à vingt-trois heures, il ne voulait pas la quitter – la voix hésitante, il proposait : on joue aux cartes ? Son jeu de cartes préféré, c'était le 1000 bornes. Il précisait souvent, d'ailleurs, en sortant le jeu du placard, qu'il n'aimait pas spécialement le 1000 bornes, que normalement il aimait les cartes sérieuses, les jeux d'intelligence et de mémoire, mais que peut-être, cette fois, ils pourraient faire un 1000 bornes, juste pour voir – il oubliait avoir dit ça l'avant-veille et la semaine précédente, et, régulièrement, ils se retrouvaient assis sur le sol froid de la petite maison à accumuler les bornes. Jouant, Sarah éclatait de rire en le freinant d'une carte «limite de vitesse» ou «panne d'essence»; lui s'inquiétait, soudain angoissé à l'idée de perdre, de ne pas pouvoir avancer. Un soir, blottie contre lui, elle s'était demandé à voix haute ce que ça ferait si, dans la vie, ils avaient fait autant de kilomètres qu'ils en avaient fait au 1000 bornes. On serait au bout du monde, avait-elle dit. Non, avait-il répondu, pas au bout du monde. Mais on serait allés trois fois à New York.

Il connaissait les noms des étoiles, toutes les constellations, la Grande Ourse, la Baleine, Andromède. Il adorait ses montres; souvent, Sarah allait tremper ses pieds dans la piscine glacée pendant qu'à l'intérieur de la maison, allongé sur le billard, sous la lumière du lustre, Driss démontait sa Rolex avec des tas de petits tournevis; il observait les rouages à l'aide d'une loupe, retirait le cadran, le remontoir, le mouvement. Il lui apprenait les mots. Sarah n'y comprenait rien à ces histoires d'ancre et de balancier, mais elle aussi, si elle avait su comment, elle aurait vérifié par elle-même si la montre était bien capable de tenir la distance du temps qui passe ; on ne pouvait faire confiance à personne dans la vie. Du temps, Driss voulait tout savoir : il notait aussi chaque jour sur un carnet les prévisions météorologiques du lendemain. Il y consignait les chiffres de son baromètre, qu'il relevait tous les soirs, à la même heure, ainsi que ceux de son thermomètre. Il aimait prédire, calculer. Ça devait faire tant de bruit à l'intérieur de lui, pensait Sarah – c'était peut-être pour ça qu'il aimait le silence. Pendant les soirées avec Badr, Alain et Chirine, quand le volume des rires, de la musique, dépassait une certaine limite, il se figeait, troublé, comme quelqu'un qui aurait vu une guêpe et qui craindrait de se faire piquer. Et si d'aventure, au milieu de cette même soirée, les rires s'évanouissaient en même temps que la musique, laissant flotter dans l'air quelques secondes muettes, alors ses muscles se détendaient. Quelqu'un, presque immédiatement, se remettait à parler, et il frémissait de peur – comme s'il avait plongé dans son bruit intérieur si profondément qu'il avait oublié où il était.

Les boîtes de nuit étaient fermées pendant le Ramadan et on ne pouvait plus faire la fête les uns chez les autres, à cause des parents qui, même s'ils ne respectaient pas tous le jeûne, avaient peur de ce que pourraient penser les voisins ; alors la bande ne sortait plus tellement. Quelquefois, on se retrouvait chez Alain, qui vivait seul dans son appartement quartier Gauthier ; ce n'était pas aussi bien qu'une villa à Anfa Supérieur, mais avec sa *mezouzah* à l'entrée, il pouvait y faire la fête et y boire de l'alcool comme il le souhaitait. En appuyant sur le bouton de l'ascenseur, Badr disait chaque fois : moi, ça me dégoûterait de vivre collé aux gens dans un immeuble comme ça. En réalité, pour un feuj de classe moyenne, Alain ne se débrouillait pas trop mal. Le crédit qu'il avait pris pour se payer son Audi, ça lui avait fait un coup et, pour compenser, il avait trouvé un plan d'enfer : il louait le trois-pièces pas cher à un collègue médecin de son père. Il ne lui parlait plus, à son père, rapport à la drogue et tout ça, et aussi au fait qu'il lui en voulait d'être devenu pédiatre au lieu de s'être lancé dans les affaires, comme tout le monde. C'était pour ça qu'il n'avait pas voulu faire d'études après le lycée – voilà où on se retrouve si on commence à étudier, il disait. Alors avec un de ses potes juifs qui était né dans une famille à fric, il s'était mis à faire de l'immobilier avant même d'avoir le bac. Ça marchait bien, mais ce n'était pas Anfa Supérieur ; il le savait très bien, Alain, que pour lui, à cause de son abruti de père qui avait voulu soigner des crève-la-faim, ce ne serait jamais Anfa Supérieur.

Une fois, Badr, mordant dans un sandwich au milieu de la fumée noire que soufflait Alain, avachi sur son canapé, avait dit qu'il avait hâte que ce putain de Ramadan se termine pour qu'ils puissent retourner dans un endroit décent; Alain l'avait mal pris: c'est quoi ton problème connard? Et il avait renversé à moitié le whisky de son verre. T'as qu'à aller te trouver un autre feuj pour te couvrir pendant ton Ramadan d'hypocrite. Chirine avait sifflé, agacée: c'est bon, Alain, il plaisante. Ce n'était pas la première fois qu'elle se montrait désagréable avec lui. Déjà l'avant-veille, quand ils avaient mis de la musique et qu'il l'avait invitée à danser, elle avait refusé. Elle s'était assise près de Sarah et Driss, et leur avait raconté: il a vingt-quatre ans, quand même, à quel âge il va enfin vouloir se marier? Vingt-huit ans? Elle avait secoué la tête de gauche à droite, l'air affligé. C'est la dernière fois que je vous invite chez moi, avait marmonné Alain, la voix tressautante d'ivresse. Très bien, avait dit Badr. On n'a qu'à aller chez Sarah, la prochaine fois, puisqu'elle est française.

Sarah n'eut pas le temps de réfléchir à un mensonge que Driss répondait déjà pour elle:

« Non. Son père est très sévère. »

23

Elle enfilait ses baskets pour aller au lycée lorsque sa mère déboula dans le salon à huit heures du matin.

« Dis-moi, il te paie tout, ton petit mari, hein ? »

Monique ne se réveillait jamais avant midi, normalement ; ses cheveux fins étaient en pétard au-dessus de sa tête et, sous les yeux, son khôl lui avait fait des coquards presque comme ceux du Morizgo. Ouais, répondit Sarah.

« Alors tu lui dis de m'emmener à Sidi Abderrahmane. J'en peux plus. »

Sidi Abderrahmane, Sarah trouvait ça un peu exagéré, mais c'était vrai que sa mère se plaignait de plus en plus fort depuis le début du Ramadan. Tous les Marocains qu'elle fréquentait lui disaient : pas pendant le mois sacré, et il n'y avait aucun bar ouvert après le coucher du soleil, pas de boîtes de nuit, pas le moindre café-chicha où elle pouvait se planquer avec les Français du Cercle. Il en restait bien deux ou trois de disponibles, d'hommes, ceux qui étaient célibataires ou ceux qui ne craignaient pas de se faire attraper par leur femme, mais c'était tous les ans la même galère, et tous les ans, c'était le même refrain, j'en peux plus de cette vie, j'en peux plus, je veux aller à Sidi Abderrahmane pour trouver une solution, si, je veux y aller, je te dis que je veux y aller, j'ai pris ma décision, c'est juste que j'ai pas le fric, là, j'ai pas deux cents balles à mettre là-dedans. Et tous les ans, après le Ramadan, les affaires reprenaient, et Monique oubliait qu'elle avait voulu y aller.

Sarah n'avait pas osé en parler à Driss tout de suite. Quelques mois plus tôt, elle était passée devant l'îlot en décapotable avec Kamil, et elle lui avait lancé : t'y es déjà allé, à Sidi Abderrahmane ? Kamil avait failli s'étouffer avec son gobelet de Coca – le liquide avait giclé par la paille. Ça va pas la tête, avait-il répondu en s'essuyant la bouche du revers du poignet, je suis pas un fou, moi. Mais Monique surgissait tous les matins au milieu du salon, et tous les matins, elle recommençait : alors, tu lui as demandé, à ton petit mari ? Tu lui as demandé, dis ? Ce n'était plus tenable. Sarah avait fini par bredouiller la question à Driss, un soir dans la petite maison, alors qu'ensemble ils regardaient le reflet de la lune effleurer l'eau noire : dis, tu voudras bien emmener ma mère à Sidi Abderrahmane ? Ses joues chauffaient alors qu'elle prononçait ces mots ; peut-être allait-il s'étouffer comme Kamil, lui aussi, et attendant sa réaction, elle ne parvenait pas à détacher ses yeux de la piscine – mais elle sentait ceux de Driss qui s'étaient posés sur elle. D'accord, avait-il répondu après un temps. Le samedi suivant, ils roulaient tous les deux à moto sur la côte d'Aïn Diab, et Monique les suivait en taxi.

C'était un îlot tout blanc qui flottait sur l'Atlantique à quelques mètres du rivage ; mais déjà depuis le bout de la Corniche, on pouvait voir les rochers sur lesquels les vagues éclataient et, au-dessus d'eux, les grands murs enduits à la chaux d'un tas de petites maisons juchées les unes sur les autres. Monique, en sortant du taxi, avait inspiré longuement à la vue, depuis le trottoir, des escaliers au loin qui serpentaient entre les petites portes de couleur, et qui menaient, tout en haut, à la tombe du saint Sidi Abderrahmane. Puis elle avait souri :

« Je vais devenir riche. »

Et elle avait marché, glorieuse, jusqu'à la plage. Elle avait continué à jacasser en passant entre les tables du marché de fortune qui vendait des bougies, de l'encens, des pendentifs main de Fatma et des versions miniatures du Coran grandes comme des boîtes d'allumettes – Driss achetait tout ce qu'elle pointait du doigt. Je vais devenir riche, elle répétait, je te le dis, elles font toutes ça, les femmes des riches, après elles mentent, elles disent, oh, c'est *haram*, c'est péché, je ferais jamais ça, mais je te le signe qu'elles le font toutes, et c'est comme ça qu'elles sont arrivées là où elles sont. Sarah se taisait; elle avait hâte que ce cirque s'achève. Elle regardait la grève et, un peu plus loin, le lieu d'embarquement, qui, au vu de l'attroupement, indiquait que la marée était haute. À marée basse, on accédait au rocher à pied avec de l'eau jusqu'aux genoux, mais à marée haute, il fallait payer dix dirhams l'aller-retour, assis à l'intérieur d'un grand pneu Pirelli déchiqueté sous lequel les gars avaient cloué une planche de bois. Dix dirhams, ça allait encore, mais c'était après que ça se mettait à coûter cher – bien sûr, tout dépendait des consignes des sorcières.

Partout dans les ruelles de l'îlot, les *chouafate* étaient chacune dans une petite pièce, et on les consultait même pas un quart d'heure; elles faisaient payer à la minute, ou bien parfois au mot. Devant leurs portes se trouvaient des plateaux remplis de rouleaux de plomb qu'elles faisaient fondre ensuite pour conjurer le sort. Pour ceux qui voulaient, elles lisaient les cartes ou les lignes de la main. À la fin, elles donnaient aux clients toutes sortes de choses à faire – brûler des vêtements ou sacrifier un coq noir et le jeter à l'eau; c'était pratique, les coqs, parce que les gens qui habitaient sur le rocher étaient les plus pauvres de tout Casa, alors ils envoyaient leurs enfants sur les récifs d'à côté pour récupérer les animaux égorgés dans la mer et ils les bouffaient le soir. C'était pour ça que ça puait autant à Sidi Abderrahmane, même si c'était très beau, entre l'odeur du plomb, du feu, de la chaux, des mendiants qui hurlaient par terre sous les volets peints en bleu et des coqs décapités ; sur le sable, en bas, on trouvait les dépouilles des animaux, la peau sanglante des moutons et des bœufs. Enfin tout ça, Sarah ne l'avait jamais vu de près ; c'était Abdellah qui l'avait raconté. Il disait qu'il n'y croyait pas, à ces conneries, que c'étaient des trucs de dégénérés, et que d'ailleurs ça ne lui faisait pas peur, alors Sarah lui murmurait en se marrant : on n'a qu'à essayer, si t'as pas peur, et il devenait blanc comme les murs enduits à la chaux.

Driss avait filé à Monique les dix balles pour l'aller-retour, et deux cents pour la consultation de sorcellerie, l'achat potentiel d'un coq, plus le prix du *fkih*, l'homme de religion qui allait tuer le coq. Il l'avait accompagnée jusqu'au point d'embarquement, l'avait aidée à monter sur le pneu, qui flottait à peine sous son poids, et avait attendu qu'elle arrive à bon port, sursautant quand elle se prenait une vague en pleine face, qu'elle manquait de se noyer, soufflant lorsque, les vêtements et les cheveux trempés, elle avait enfin posé le pied sur le premier rocher et s'était hissée vers les ruelles. Puis il était allé s'asseoir sur le sable. Sarah le suivait, docile, alors que ça l'énervait d'être ici avec les miséreux, ces familles de l'îlot qui n'avaient même pas l'électricité et qui se chauffaient avec des batteries de voiture – les *chouafate*, elles, rentraient dans leurs appartements de Casa au coucher du soleil. Mais elle avait faim, et comme plus personne sur les plages ne vendait de bols de soupe de fèves ou de *harira* chaude pendant le Ramadan, elle se taisait pour ne pas y penser, et elle attendait avec lui que sa mère finisse, en écoutant les cris des marchands d'amulettes, ceux des coqs qu'on tuait, et parfois ceux des femmes. On racontait que les femmes mariées qui n'arrivaient pas à avoir d'enfants restaient trois nuits dans les maisonnettes de Sidi Abderrahmane et que, neuf mois plus tard, elles accouchaient ; la vérité, c'était qu'un *fkih* venait les violer chaque soir pour les guérir et que, bien souvent, c'était le mari qui était stérile. Elles n'osaient le dire à personne et vivaient avec la honte et le gosse du *fkih* jusqu'à leur mort – il avait raison, Kamil, c'était bien l'endroit des fous, ici. Sarah avait dit ça à Driss, sur le sable : que sa mère était folle, et qu'ici, c'était l'endroit des fous.

« Moi j'aime bien ici », avait-il répondu.

Et dans son état de surchauffe, avec son souffle court et sa voix qui, sur certains mots, s'emballait, couvrait presque les cris des coqs, il raconta qu'après l'achat de sa moto, le jour de ses seize ans, c'était ici qu'il avait choisi de venir pour son premier *ride*, seul et libre, sentant le vent sur son visage – à l'époque, on ne mettait pas encore le casque – et rapide comme Speedy Gonzales, parce que sa mère lui avait répété toute sa vie que c'était l'endroit des fous – lui, il n'y croyait pas. Ces gens, il disait, ces gens, moi je crois qu'ils sont pas fous, moi je crois qu'ils sont juste pas d'accord avec l'état des choses et qu'ils veulent trouver une solution. De l'autre côté de l'eau, juste en face, Monique était descendue des ruelles. Debout sur le sable, sous les yeux un peu las de Driss et de Sarah, elle étira son gros bras, puis l'autre, elle secoua ses jambes. Et soudain, elle s'élança tout habillée contre les vagues, en poussant un hurlement. Elle tomba à la renverse, et puis se releva, trempée, et courut à nouveau, hystérique et en transe, vers la mer en furie. C'est le rituel des sept vagues, dit Driss devant les sourcils froncés de Sarah. Elles font souvent ça, les femmes. Tu vois comme elles sont pas d'accord, comme elles refusent, on dirait qu'elles font la guerre. Moi j'aime bien venir ici parce que les gens sont rebelles, ils font la guerre. Tu vois ?

Sarah tourna alors la tête vers Driss. Elle regarda ses mains, ses ongles rongés au sang, et puis son nez, ses yeux de thym plongeant dans l'eau aussi fort que sa mère y plongeait, sa bouche gercée par le froid ; et peut-être que ce n'était pas le vent lent et tournoyant, les violoncelles, toutes les harpes du Mexique, peut-être que ce n'était pas tout à fait Sergio et le temps qui s'arrête, mais c'était la même guerre en lui qu'il y avait en elle, et ça c'était pas mal.

24

Elle avait dit : toi non plus, Driss ne t'épousera pas.

Sur la banquette arrière de la 205, Chirine trempait ses nuggets dans la sauce barbecue à toute vitesse. De temps en temps, elle lançait des regards vifs à travers la vitre, mais ce n'était pas nécessaire – à quinze heures en plein Ramadan, il n'y avait personne sur le parking à ciel ouvert du McDonald's de la Corniche. « Allez Lalla, soupira son chauffeur en arabe, dépêche-toi. » Il s'était vautré sur le volant, la joue contre son bras replié, et il tapotait avec ses doigts sur le tableau de bord au rythme de la chanson d'Oum Kalthoum qui passait sur Medi 1. « Deux minutes », répondit Chirine, en mâchant. Sarah, assise à côté d'elle, lui tournait le dos. Elle avait sorti la tête par la fenêtre, sous le ciel blanc qui, comme tous les ans à l'approche de la mi-mars, avait l'air d'enfin préparer la pluie. Sur la plage que le parking dominait, elle voyait les gosses en jogging traîner leurs corps décharnés, enfonçant avec mollesse leurs pieds dans le sable – elle aussi voulait que Chirine se dépêche. « C'est bon », dit Chirine après avoir aspiré les dernières gouttes de Coca à la paille. Elle baissa la vitre et, alors que son chauffeur redémarrait, balança le sac en papier kraft sur le boulevard. Il était temps, pensa Sarah. Cette histoire, ça l'avait agacée, et elle voulait rentrer chez elle.

Elle avait oublié, voilà tout, et c'était compliqué de savoir exactement comment elle en était arrivée à oublier. Elle savait simplement qu'il y avait eu tant de choses, depuis le baiser avec Driss en janvier, tant de choses qu'elle n'avait plus eu le temps de penser. Il y avait eu le walkman, la casquette, et un peu plus tard le lecteur de cassettes vidéo que Driss était venu brancher lui-même, chez elle, sous les yeux émerveillés de sa mère. « La classe, celui-là », avait soufflé Monique en faisant un clin d'œil. Le Ramadan se terminait dans quelques jours, et jusque-là, la table basse du salon avait été parsemée tous les soirs sans exception des miettes des pâtisseries Bennis avalées à la hâte par Abdellah et sa mère. La bouche pleine, ils la félicitaient : « *Tbarkallah* Sarah pour le petit mari ! » Il y avait eu aussi chacun des magazines qu'elle avait voulus, une robe, un jean, un sac à dos et un foulard. Ça faisait tout de même beaucoup d'objets nouveaux pour la distraire, et donc pour lui faire oublier. Les horaires modifiés du lycée pour le Ramadan auxquels elle ne s'était toujours pas habituée, ça n'aidait pas, pas plus que ces putains de prières pour la pluie du matin au soir depuis un mois et demi, avec les vieux en djellaba agenouillés sur les trottoirs qui prenaient toute la place et qui l'empêchaient de réfléchir. Dans la bande aussi, il y avait eu des remous : une semaine plus tôt, Chirine avait annoncé qu'Alain et elle étaient séparés désormais, qu'elle ne voulait plus lui adresser la parole et qu'ils se partageraient dès lors leurs amis un soir sur deux. Et Yaya, ce salopard, n'était toujours pas rentré. Sarah espérait encore tous les jours, pourtant, et tous les jours au café-billard, sur le trottoir de la rue Al Kabir, c'était encore la crevaison du cœur, la centième des crevaisons du cœur quand il n'était pas là – il doit être installé en Tunisie, maintenant, disait Haroun, il ne reviendra pas. Alors en marchant pour retourner au lycée après avoir mangé sa pizza seule à l'étage du café-billard, elle l'imaginait, souriant au milieu des orangers, des citronniers, applaudissant le son de la guitare et les tournoiements des jupes des filles qui le rendaient enfin heureux, et elle se demandait s'il saurait un jour, pour la casquette, les pâtisseries, le café Campus et tout, s'il serait fier d'elle, s'il lui dirait : bravo, petite, tu t'es bien débrouillée. Le walkman, les horaires, Chirine, Yaya, ça faisait des tonnes de choses qui lui embuaient l'esprit avec, en deçà d'elles, Driss tous les soirs après le *ftour*, et ses contours imprécis qu'il fallait dessiner, et son parfum Giorgio Armani, et son 1000 bornes, et ses yeux des collines qui n'étaient jamais finies. Ça faisait des tonnes de choses, oui, mais de là à oublier... Oublier, c'était exagéré. Mais quand Chirine lui avait parlé en embarquant dans la bagnole direction le McDo, Sarah avait dû se rendre à l'évidence : elle avait oublié l'argent.

On n'oublie pas l'argent comme ça, pourtant, et il ne parlait que de ça, Driss le silencieux. C'était sa langue – même quand il ne disait rien, ça parlait en lui. Pas seulement à cause de la Rolex ou de la maison gigantesque, de l'araucaria, de la piscine, de la Rolls-Royce dans le garage ; mais parce qu'elle voyait bien que tout, dans sa vie à lui, avait été modelé par l'argent – et ça, c'était exactement comme dans sa vie à elle. Pour cette raison-là, elle avait compris qu'ils étaient frères. Les allées et venues de Driss, c'était l'argent, comme elle, ses mouvements, c'était l'argent, comme elle, et même ses pensées, même ses colères. Après le bac, son père l'avait envoyé en France – elle le savait par Badr. « Il lui a fait la totale, le père », il avait raconté. Il l'avait installé dans un de leurs appartements à Paris, il avait payé cash la business school, et il lui envoyait tous les mois trente mille dirhams. « Il le disait à tout le monde qu'il envoyait à Driss trente mille dirhams par mois, il insistait bien sur les trente mille, il arrêtait pas de répéter : trente mille, trente mille dirhams par mois. » Trente mille dirhams, c'était la somme maximum qu'il était légalement permis de faire sortir du Maroc par an ; alors trente mille par mois, ça faisait son effet, c'était sûr, d'autant que ça suggérait les cinq pour cent payés au passeur qui troquait les devises. Et puis au bout d'un an, quand tout Anfa avait bien entendu parler de l'appartement et des trente mille par mois, quand plus personne ne doutait de la rumeur – il était aussi riche que le roi –, son père l'avait fait rentrer à Casa. Il n'allait pas non plus continuer ce cirque pendant cinq ans – Driss avait commencé à travailler chez Jean's Fabric trois jours après son retour.

Dans la grande usine de Sidi Moumen, alors que les affaires marchaient du tonnerre, Driss portait quand même au creux de sa poitrine, nerveuse, la bataille de l'argent. Tu ne sais pas en faire, toi, lui disait son père en signant des contrats avec l'Europe entière, revenant des salons où il avait présenté ses échantillons aux plus grandes marques – Driss, lui, attendait à Casa, supervisait les ouvrières. Alors quand à une soirée chez Badr, l'été d'avant, il avait revu un vieux pote du lycée qui avait épousé une Américaine et travaillait pour une enseigne à New York, il s'était lancé – ça faisait longtemps, qu'il la préparait, la formule. Il l'avait remaniée mille fois dans sa tête, chuchotée devant des princes saoudiens imaginaires, scandée devant des businessmen anglais ; et là, enfin, dans le jardin de Badr, un joint à la main, il avait senti que c'était son moment – il avait prononcé les mots. Tu veux voir les échantillons de mon père ? Il était dans la boîte depuis quatre ans mais il n'osait pas encore dire : nos échantillons. En tout cas, quelques semaines plus tard, il avait signé l'affaire, sa première affaire à lui et la première affaire de Jean's Fabric avec l'Amérique. Il avait appris par cœur les rouages, les moindres rouages du port de commerce de New York, où il avait envoyé, au mois de novembre 1993, l'une des plus grosses commandes de l'histoire de l'usine : trois conteneurs rouges de cinquante mille jeans chacun. Trois conteneurs rouges de l'autre côté de l'Atlantique, et ça venait de lui, de lui seul, son affaire à lui avec sa signature à lui, alors oui, c'était bien la preuve qu'il savait en faire, lui aussi, de l'argent, comme un vrai homme, comme son père. Il suffisait que ce connard de client finisse par payer. Driss envoyait tous les jours des fax de relance. Et lorsqu'il était en surchauffe, lorsqu'il parlait du port de New York, du cargo, du mât de charge qui était comme une grue, du transitaire qui aurait dû, oui putain, qui aurait dû insister pour recevoir l'effet garanti par la banque à réception de la marchandise, qui aurait dû insister pour récupérer le fric, il finissait par sangloter, frissonnant, contre l'épaule de Sarah. Dans leur petite maison, elle caressait ses cheveux, elle murmurait : ils vont payer, ça va aller.

L'argent, c'étaient aussi les questions de Driss. Comme ses surchauffes l'épuisaient, il ne les posait pas chaque fois, mais Sarah savait bien qu'elles bouillonnaient en lui, tout le temps. Parfois elles explosaient. Il venait la chercher à Hay Mohammadi et il ne disait même pas bonjour quand elle ouvrait la porte – il avait les bras croisés, le regard dans le vide. Mais ce n'était pas le vide, bien sûr, que le thym de ses iris regardait, c'était le plein, l'univers embrasé, des centaines de tempêtes ; il avait le regard dans le plein. Alors ce n'était même pas la peine d'essayer de discuter. Elle le suivait jusqu'à la moto, s'arrêtant lorsque la démarche de canard devant elle s'interrompait soudain – Driss, comme conversant avec lui-même, se grattait la tête, la secouait de gauche à droite, soupirait, était pris de frissons. Puis il reprenait le mouvement palmipède. Ce n'était qu'une fois tous les deux sur le canapé gris que la question éclatait, comme si elle s'était tant amplifiée à l'intérieur, pendant le chemin jusqu'à Anfa, que sa bouche ne pouvait plus la contenir.

« Mais comment elles font si elles sont malades ? »

Elles, c'étaient les ouvrières. C'était toujours à propos des ouvrières – il ne comprenait pas. Lorsqu'il les supervisait à l'usine pendant la journée, il fixait les cicatrices sur leurs mains qui cousaient, filaient, surpiquaient, les plaies encore sanglantes sur les doigts. Il regardait les peaux pleines d'acné – certaines n'avaient pas quatorze ans –, les boutons blancs à la lisière du voile, ou alors les rides des vieilles, les taches de soleil ou les bleus. Et, surtout, il entendait. Elles aimaient bien, les ouvrières, quand c'était le fils du patron qui les surveillait, parce qu'il ne les insultait pas, il ne criait pas, il ne leur disait pas de fermer leurs gueules et de bosser. Il était simplement là sur sa chaise en métal, aveugle et sourd, la bouche légèrement entrouverte sous son grand nez, à attendre que son père le rappelle au sixième étage. Elles pouvaient papoter sans crainte. Driss entendait Zhor, la gamine, rire avec ses dents jaunes et avancées, et parler de sa mère qui avait piqué, avouait-elle, cent balles dans le sac de Madame et avait réussi à faire croire à la famille d'Anfa chez qui elle était bonne que c'était leur fils qui avait fait le coup. Autour d'elle, toutes les ouvrières se marraient – bien fait pour eux, elles disaient, pourvu que ta mère se soit acheté de belles choses. Il y avait aussi Mina, qui avait un fils de huit ans qui n'allait plus à l'école. Il traînait dans les rues ; elle craignait qu'il ne finisse drogué au karkoubi. Elle avait supplié le père de Driss de le prendre à l'usine, mais il n'avait pas voulu car, depuis quelques années, ça ne plaisait pas aux Européens d'embaucher des gosses. Alors, plusieurs fois dans la journée, sans raison, elle lâchait soudain le tissu et frappait un coup sec sur la table en criant : qu'ils crèvent, les Européens ! Les filles étaient habituées. Il y avait Najat, qui s'était mariée en janvier et dont le mari lui avait interdit de continuer à travailler – toute la journée dehors, il lui disait, avec des hommes dans l'immeuble, à faire on ne sait quoi. Il ne supportait pas. Elle avait démissionné. Deux mois plus tard, un matin, il s'était pointé avec elle en marmonnant : je la ramène. Sans sa paie, ils n'avaient même plus de quoi payer la viande pour l'Aïd. Alors tous les jours, en travaillant, Najat se plaignait de son mari geignard qui passait ses journées à ne rien foutre et qui hurlait qu'elle n'était qu'une petite insolente avec son travail de merde, et que, d'ailleurs, depuis qu'elle était retournée à l'usine, elle faisait moins bien le ménage. Tu te prends pour qui ? il lui disait. C'est pas parce que tu travailles que t'es plus une femme. Najat se plaignait, mais personne ne se plaignait autant que Sanaa. C'était celle qui savait le mieux lire les chiffres et les lettres en français sur les étiquettes – elle se souvenait bien de ses cours à l'école quand elle était petite et tout le monde la consultait quand il fallait coudre le numéro d'une taille. Mais ça ne changeait rien, qu'elle lise si bien : toutes les semaines, c'était son père qui venait récupérer sa paie à sa place. Elle rêvait, un jour, de prendre le fric elle-même, elle disait qu'elle le méritait, et qu'elle irait se payer des beaux habits à elle, rien qu'à elle, et un rouge à lèvres. Elle en parlait tous les jours, de ce rouge à lèvres. En l'entendant, les filles levaient les yeux au ciel, haussaient les épaules ; « Arrête tes bêtises, Sanaa. » Elles ne voyaient pas comment elle pourrait changer la situation. « Dieu est grand, ajoutait la vieille Hnia, sois patiente, et un jour, *inch'Allah*, tu trouveras un mari et alors ton père ne pourra pas lui prendre ton argent. »

Driss ne comprenait pas. Il comprenait, bien sûr, ce qu'elles disaient, même si leur arabe était meilleur que le sien ; mais la pauvreté, il ne comprenait pas. Kamil, lui, avait toujours très bien compris et ça ne l'avait jamais dérangé. À travers la vitre baissée, il filait deux balles au gardien de voiture qui avait vérifié que sa Porsche ne se faisait pas rayer pendant qu'il dînait au Boga Boga ; il soufflait : que Dieu te garde mon frère, et le gardien de voiture prenait les deux balles et il répondait : que Dieu te garde mon frère, et Kamil redémarrait, et on en restait là. Ils savaient tous les deux très bien la vérité d'ici : que c'était comme ça. Mais pour Driss, ce n'était pas possible, que ce soit juste comme ça.

Qu'est-ce qu'elles mangent, pendant le *ftour* ? Qui leur paie l'électricité ? Comment c'est, chez elles, comment elles achètent à manger, est-ce qu'elles ont un ventilateur, l'été ? Et si elles se cassent un bras ? Et qu'est-ce qu'elles font le samedi quand elles ne travaillent pas ? Elles peuvent même pas se payer le cinéma, avec ce qu'on leur donne. Dans le monde entier, pour Driss, alors qu'il avait été à Paris, à New York, en Espagne, en Angleterre, il n'y avait pas de plus grandes étrangères.

Tout, chez Driss, c'était l'argent ; sa langue,

c'était l'argent, et pourtant Sarah avait oublié l'argent – le sujet de l'argent. Il y avait longtemps qu'elle n'avait plus rêvé de sa future villa à Anfa Supérieur, avec des couronnes, des diamants sur le sol. Sa grande piscine couleur de ciel, le cognac dans les verres en cristal, les domestiques à renvoyer, le mariage en caftan fait de fils d'or sur les plateaux de cuivre au son des darboukas, elle les avait oubliés. Maintenant, l'horizon, c'était la peau.

C'était ce qu'elle avait pensé après les paroles de Chirine : que son horizon, maintenant, ce n'était plus l'argent, que c'était devenu la peau, leur peau à tous les deux puisque sa peau à elle, c'était sa peau à lui et vice versa. Ça n'avait l'air de vouloir rien dire comme ça, mais lorsqu'on a marché tous les jours de sa vie avec sa seule peau à soi, sa peau à soi seule dans les rues, les marchés noirs de monde, les bidonvilles, le poing serré, toujours prête à courir ou à insulter et que, du jour au lendemain, on se retrouve avec une autre peau constamment à côté de soi, dans le calme d'une petite maison près de l'eau qui ondule, une peau qui ne dit rien, qui joue au 1000 bornes, qui accepte, qui n'exige pas et qui donne, alors on ne sait plus comment faire pour vivre comme avant, sous sa peau de solitude – elle ne suffit plus. On ne sait même plus faire sereinement un pas après l'autre dans la turbulence du dehors. À force d'être là, tous les jours, silencieux à côté d'elle, Driss était devenu l'air et il était aussi le sol.

Mais Chirine avait parlé, cette idiote. Elles avaient laissé Driss chez elle, dans la maison rouge, à discuter pour la centième fois du prix de la moto avec son père et elles étaient montées à l'arrière de la 205 direction la Corniche pour manger des nuggets en secret. Sur le chemin, Chirine fulminait. Elle refaisait pour la dixième fois la conversation de sa rupture avec Alain, elle l'accusait, le haïssait, menaçait d'aller tout au bout de la mer de Casa, dans le phare de la pointe d'El Hank où, tout le monde le savait, se trouvait la sorcière de l'amour du phare de la pointe d'El Hank – alors, elle paierait cent dirhams et lui jetterait un sort, à ce connard, elle lui enverrait des *jnoun* dans son appartement. « Ne dis pas des choses pareilles, Lalla Chirine ! » intervenait son chauffeur. Mais elle continuait. Elle répétait qu'elle n'en revenait pas, qu'il refuse de l'épouser, alors qu'elle avait mille fois plus de fric que lui, et tout ça pour une histoire de religion qui aurait pu être réglée en trois mois avec le bon rabbin. Connards de feujs, elle pestait. Connards de garçons qui nous font miroiter des mariages et qui nous laissent sur le carreau. Sarah se taisait ; elle regardait passer devant elle, penchés sur l'océan, le Sun, le Tahiti Beach Club, le Miami – elle pensait qu'après la fin du Ramadan, quand le printemps viendrait, ce serait au bord de la mer des clubs privés, contre la résine blanche d'un bain de soleil, que Driss et elle dormiraient, indivisibles, avec leurs peaux collées.

C'est là que Chirine avait parlé. Elle avait dit de toute façon, ils sont tous comme ça, ces salauds, ils sont tous les mêmes. Elle avait dit toi non plus, Driss ne t'épousera pas. Elle avait dit je te le dis tout de suite pour pas que tu te fasses d'illusions et que tu te retrouves comme moi, il ne t'épousera pas ; il n'épousera jamais une fille comme toi.

25

À l'arrivée à Casablanca, à la seconde où l'on sortait de la gare Casa Voyageurs ou de l'aéroport Mohammed V, où l'on manquait de se faire renverser par les gars sur les mobylettes qui transportaient, installés derrière eux sur la selle, deux ou trois moutons, où l'on respirait l'air humide à l'odeur d'iode et de dioxyde de soufre, où l'on entendait les cris, les bêlements, les collisions des voitures et des chariots à légumes, on apprenait une chose : ici, on était gouverné. On était gouverné par le roi, bien sûr, dont la photo décorait les épiceries, les magasins. Mais si l'on venait, par extraordinaire, à l'oublier, alors on se gouvernait les uns les autres. Des femmes en Jaguar coincées dans les embouteillages baissaient leur vitre et appelaient un gosse des rues qui traînait sur le trottoir – elles disaient : va me chercher une bouteille d'eau. Des flics attrapaient des jeunes filles du centre-ville par le bras, leur sifflaient qu'ils n'aimaient pas comment elles étaient habillées, et les filles suppliaient, se débattaient, pleuraient ; si elles avaient de la chance, une des femmes en Jaguar les voyait, se prenait de pitié, baissait à nouveau la vitre et lançait au flic : tu la lâches. Et il la lâchait. La femme, ensuite, se garait devant chez elle, entrait, inspectait le couscous. Alors elle se mettait à pousser des cris contre la bonne, à la traiter d'idiote, d'incapable, parfois à lui donner des gifles : c'était la catastrophe. Il y avait de la cannelle dans le couscous, et son mari détestait la cannelle, il rentrerait bientôt, et l'odeur de la cannelle déclencherait son courroux. Il hurlerait, claquerait les portes. Dans cette villa que tout entière il gouvernait, plus encore que la femme ne gouvernait la bonne, plus encore que le flic ne gouvernait les filles du centre-ville, c'était la panique – il fallait tout recommencer. Mais il y avait un groupe qui les gouvernait tous, les hommes, les riches, les maris, les patrons : c'étaient les Fassis.

On les appelait comme ça parce qu'ils étaient issus de familles anciennes de Fès, même si, pour la plupart, ils n'y avaient jamais mis les pieds ; on les reconnaissait à leur accent bourgeois et à leurs noms de famille. Au gouvernement, dans le Palais royal, à la tête des grandes entreprises, il n'y avait que des Fassis, exclusivement des Fassis ; et si par hasard un homme d'une famille quelconque acquérait du pouvoir, ce pouvoir était toujours moindre par rapport à son homologue fassi, qui, par la noblesse de sa lignée, avait autorité. Être fassi, c'était mieux qu'être riche, même si être fassi, c'était toujours et pour toujours être riche : génération après génération, les enfants des Fassis devenaient eux-mêmes ministres et hommes d'affaires. Il n'y avait rien de pire, Sarah le savait très bien, qu'un Fassi qui diluerait son sang dans une union avec un roturier. Driss était fassi.

Bien sûr que Chirine avait raison. Jamais un Fassi n'épouserait une fille comme elle, une fille dont on ne savait rien, française par-dessus le marché, qui, sans aucune gêne, trottait dans la rue, vagabonde, n'était même pas vierge et dont la profession du père n'était connue de personne. Dans la 205, Chirine avait dit vrai et ses mots avaient toujours été vrais, depuis le début, depuis le jour où Driss lui-même lui avait ouvert la porte de chez lui pour la mener vers le jardin, depuis même avant que les yeux de thym ne soient rencontrés près d'une table du café Campus. Sarah le savait, et peut-être le savait-elle depuis longtemps. Mais ce n'était pas pareil, une fois que les mots étaient dits – ils avaient fusillé l'air, l'avaient fendu. Ils se tenaient désormais là, devant elle, impudiques et goguenards, et si elle détournait la tête, ils suivaient en riant le chemin de ses yeux. La vapeur dans laquelle avec Driss, pendant tout le mois du Ramadan, elle s'était lovée, aveugle, s'était dissipée désormais – elle voyait. Et voyant, elle haïssait les mots, qui étaient violents, plus violents que les coups des hommes dans les maisons, que la pauvreté dans les rues, que les viols des filles des bidonvilles, plus violents, oui, que toute cette hargne du pays, dont d'ailleurs personne ne parlait jamais – quand Chirine avait surpris son père les mains sur les fesses de la bonne qui pleurait, et qu'elle l'avait dit à sa mère, elle s'était vu répondre : tais-toi. On ne parle pas de choses comme ça. Dans ce pays, ils avaient compris avant tout le reste du monde que le plus bouleversant, ce n'étaient pas les choses elles-mêmes ; c'étaient les mots pour les dire.

Lorsque, la nuit après les mots de Chirine dans la 205, Driss et Sarah trempaient leurs pieds dans l'eau glacée de la piscine, sous le ciel noir et lourd, entendant, au milieu du vent et du début d'orage – on était enfin mi-mars –, le son du souffle de l'autre, elle lui posa la question. Cette question, elle ne l'avait jamais posée, même pas lorsque Driss était appelé depuis la terrasse de sa villa, tout en haut du jardin, par une voix qui déraillait tant elle gueulait, et qu'il remontait seul l'herbe à grands pas douloureux, et puis redescendait quelques minutes plus tard comme si de rien n'était. Car si elle avait posé la question, alors elle aurait dit les mots et, de leur équilibre cotonneux, il ne serait rien resté. Mais cette nuit-là elle la lui posa :

« On peut monter dans ta maison ? »

Le ciel grondait. Plus tôt, à l'autoradio de la 205, Sarah avait entendu un expert météo dire que, scientifiquement, tout portait à croire que la pluie était imminente, qu'elle arriverait probablement dans les deux jours, puisque dans deux jours finirait le Ramadan et que la pluie serait le cadeau de Dieu. « Très belle analyse », avait répondu le journaliste. Dans l'eau, Driss avait stoppé net le mouvement de ses pieds. La voix enrouée, il articula :

« Mais il y a mes parents. »

Bien sûr, Sarah aurait pu prendre la peine de débattre, de contester – elle aurait pu utiliser des arguments rationnels, comme la présence régulière de Chirine à la table de ses dîners de famille qui ne semblait pourtant pas le déranger, comme le samedi après-midi où, avec Badr, ils avaient tenté d'installer la nouvelle télévision dans son salon sous les yeux de sa mère, un immense bloc noir d'un mètre sur un mètre, si lourd que le jardinier avait dû appeler ses deux cousins pour parvenir à la porter dans les escaliers. Ils allaient tous chez lui, sauf elle. Mais ça n'aurait servi à rien, de faire semblant.

Elle sortit ses pieds de l'eau froide et les essuya calmement avec la serviette derrière elle. Driss ne cessait pas de fixer l'eau.

« Mais ils dorment, à cette heure-ci. »

Elle nota l'infime tremblement de sa narine, elle pouvait imaginer la peur qui le parcourait en cet instant, à l'idée de la faire monter dans la villa. Il était peut-être au-dessus de la loi, Driss le Fassi, l'aussi riche que le roi, qui glissait des billets de cent dans les poches des flics. Mais ses épaules voûtées, sa démarche de canard démontraient bien la vérité – il portait sur son dos, comme trois conteneurs rouges de cinquante mille jeans chacun, le poids de ses chaînes invisibles.

Sarah lui prit la main. Elle était glacée comme les barreaux de sa prison, et sa chair frissonnait encore, et elle pensa pour la première fois que, dans leur duo de frères, sous le poids de ce royaume qui gouverne, il pouvait certes y avoir la même guerre en lui qu'il y avait en elle, lorsqu'il fonçait à moto vers Sidi Abderrahmane pour admirer les désobéissants et les contestataires ; mais elle était la seule, oui, la seule peut-être de tout le pays non pas à simplement la porter, cette guerre, mais à la faire.

« Allez, dit-elle en se levant, le tirant par la main. On y va. »

Ils remontèrent ensemble le jardin.

Entre les grands salons, sous les lustres en cristal, ils marchaient dans l'obscurité, se cognant contre un secrétaire, une banquette en soie ; ils pouffaient. Puis ils s'immobilisaient, craignant d'avoir fait du bruit. Même si la suite parentale était de l'autre côté de la villa, cette crainte ne les quitta pas alors qu'ils reprenaient leur chemin en silence, main dans la main à travers la salle à manger, les quatre terrasses, le bureau du père, la chambre bleue de Driss aux murs à motifs de vagues et de bateaux. Ils s'arrêtaient au moindre son. C'était comme si partout, autour d'eux, se nichaient des yeux – à l'arrière des tableaux, dans les serrures des armoires, sous les coussins de la méridienne, au creux de l'angle du canapé. Sarah sentait sur elle cent pupilles. À mesure qu'elle avançait, elle trouva cette idée folle, puis pensa qu'après tout il en fallait, des tas, d'yeux, pour surveiller les flacons de parfum dans la salle de bains qui donnait sur toute la colline d'Anfa, surveiller les grands bouquets de fleurs, les tapis, les carafes, surveiller les bonnes qui dormaient dans la cave et risquaient de chaparder les bijoux. Ce n'était pas si idiot. Et pourtant, cette maison, même habitée de ces yeux, même infusée de la peur, même sombre, à peine éclairée par la lumière de la piscine, au loin, passant timidement à travers la baie vitrée, cette maison était pour Sarah la plus belle maison du monde. Elle se souvenait de tout – de tout l'argent. À sa mémoire revenaient les paninis d'avant Driss, le rêve du mariage portée sur des plateaux, les pieds sales de Marimar courant dans Mexico après avoir volé des oranges, la tapette de Moustache et ses sandwichs au thon, les tajines de Loubna, et sa mère, se jetant, morfale, sur les pâtisseries de la marque Bennis. Et quand dans la salle de bains en marbre, elle passa devant son reflet, elle ne sut pas, pas du tout, ce qu'elle avait en commun avec la fille des rues qu'elle voyait dans le miroir. Il lui fallait vivre ici.

Dans les escaliers, il y eut un bruit. Alors Driss

empoigna Sarah par le bras, lui faisant mal, et, rapide comme à moto, il la tira de la salle de bains, la traîna dans les couloirs jusqu'à la baie vitrée, qu'il ouvrit, paniqué, avant de la pousser sur l'herbe du jardin et de la faire dévaler la pente jusqu'à la piscine. « Cache-toi », dit-il, s'accroupissant près d'elle derrière un transat, les yeux levés vers la villa. Il attendit ainsi, frémissant à chaque grondement du ciel ; mais rien ne remua, là-haut dans la maison. Après un temps, dans un soupir de soulagement, il se releva.

« C'était juste la bonne, je crois. J'espère qu'elle ne nous a pas entendus. »

Sarah avait compris, à ce moment-là, qu'il n'y avait pas d'autre solution.

26

Ils ne faisaient pas très souvent l'amour, mais elle lui avait annoncé subitement qu'il ne fallait surtout pas qu'elle tombe enceinte. Avec toute l'urgence dont elle était capable, elle avait ajouté qu'il devait lui faire faire au plus vite une fausse ordonnance par le père d'Alain. Puis il irait dans une pharmacie, donnerait l'ordonnance du père d'Alain et prononcerait les mots qu'elle lui avait fait répéter des tas de fois : la pilule pour ma femme. Il n'avait pas cillé, pas tremblé, lui avait-il raconté en sortant ; la pharmacienne n'avait pas posé de questions – aux riches, de toutes les façons, on ne pose jamais de questions. Il avait glissé à Sarah la pochette en papier blanc et vert sous la table à l'étage de chez Crep'Crêpe. Le Ramadan venait de se terminer, dehors, il pleuvait enfin, et à la télévision, le roi faisait un discours sur Dieu et la fraternité des peuples qui tous ensemble, depuis six semaines, n'avaient pas cessé de prier dans les mosquées, les synagogues, les rues – « Le Maroc marche main dans la main. » Le soir, Sarah était rentrée chez elle avec la pochette pliée à l'intérieur de son blouson ; elle la jeta un peu plus tard dans le conteneur poubelle qui débordait derrière le grillage du bidonville. Ils firent alors l'amour tous les jours – allongé sur le billard, il démontait une Rolex, ou bien il griffonnait sur un carnet des prévisions météo quand sans crier gare, elle venait se placer contre lui. Il la regardait les yeux ronds – tu fais quoi ?

Elle avait prévu de ne parler de son plan à personne, bien sûr ; mais elle en parla à Yaya. Quelques jours après la fin du Ramadan, alors qu'elle passait devant Jus Ziraoui pour rejoindre, comme avant, Driss au café Campus, son parapluie neuf ouvert au-dessus d'elle, elle l'avait vu accroupi sur le trottoir, son joint à la bouche, comme s'il n'était jamais parti. Il lui avait dit ça quand elle lui avait sauté dans les bras : mais t'es folle ou quoi, je suis jamais parti. C'était le soir même qu'ils s'étaient rejoints sur la plage pour regarder la pluie tomber, et le soir même qu'elle lui avait raconté les semaines passées avec Driss – le fric, la casquette, le 1000 bornes, les pâtisseries, tout –, et qu'il lui avait dit pour son frère, pour la mer dans laquelle il y avait eu sa mort, et pour ces connards de Benchekroun. Elle n'avait pas prévu de lui raconter qu'elle voulait tomber enceinte, et elle ne l'aurait probablement jamais fait s'ils s'étaient quittés tout de suite après la plage et s'ils avaient repris leur vie, lui livrant de la drogue à la bande, elle accrochée au bras de Driss à La Notte, chez Badr, ou au 17 Étages. Mais Yaya avait le taxi, ce soir-là. Alors il l'avait conduite jusque chez elle et, entre les bagnoles de la Corniche qui n'avançaient pas, il s'était remis à parler des Benchekroun. Je l'aurais défoncé ce connard, il répétait. Je me fais pas faire la loi par les riches, moi, non. Sarah, côté passager, le laissait radoter, la joue contre la vitre froide; en effaçant la buée du plat de la main, elle vit se dessiner, dans la trace de sa paume, le vendeur de *jabane* qui s'abritait sous la statue Sindibad. Il grelottait; les gouttes de pluie perlaient de sa tige à nougat. C'est à ce moment-là que Yaya avait dit: putain, mais cet enculé de Benchekroun, je sais très bien ce qu'il fait, et je ferme ma gueule, mais je vais le dire, moi, je vais dire à tout le monde ce qu'il fait, ce connard, et il regrettera bien de pas m'avoir payé ma came. Il fait quoi? demanda Sarah, les yeux toujours sur le vendeur de *jabane*. «Tu le sais très bien», répondit Yaya en freinant brusquement. Alors les voitures se mirent à klaxonner, et la joue de Sarah cogna contre la vitre, et elle se tourna vers lui, agacée, prête à lui cracher une insulte; mais à le voir passer la vitesse sans un mot, le regard sur la route, elle se réfréna. Le visage émacié de Yaya qui, la plupart du temps, bougeait dans tous les sens, riant dents découvertes, crachant, aspirant la fumée à grand bruit ou chantonnant des airs de Sidi Bou Saïd, s'était fermé. Ses traits s'étaient comme abaissés, à une seconde de tomber, peut-être, un à un, nez, mâchoire, joue, sourcils, et de se fracasser, brisés comme du verre, sur le tapis de voiture ; on aurait dit qu'il allait pleurer. Sarah n'osa pas lui répondre que non, elle ne savait pas de quoi il parlait, qu'elle ne savait pas ce qu'il pouvait bien faire, cet enculé de Benchekroun, mais Yaya continua. Moi au moins, disait-il, même si je fais les mêmes choses que Benchekroun, je les fais pas ici, sous les yeux d'Allah et de mon frère mort, en plein mois de Ramadan ; moi au moins, je me casse. À chaque putain de Ramadan, je prends ma caisse et je roule jusqu'à Ceuta et j'y reste tout le mois pour pas souiller mon pays avec mes péchés, par respect. Lui il s'en fout, il continue à faire ses trucs de dégénéré ici, alors que les autres jeûnent, putain. Je vais le dire aux gens, ce qu'il fait. Je vais le dire, je m'en fous. Et en tournant sur le boulevard Moulay Ismaïl, où il n'y avait quasi plus de voitures et où le taxi pouvait rouler enfin, il ajouta : moi, quand j'étais petit, je croyais que j'étais le seul homosexuel au monde.

C'était pour ça qu'elle le lui avait raconté – parce qu'elle aussi se sentait la seule au monde. Elle n'en connaissait pas d'autres, de filles de seize ans, qui soldaient leur ventre comme elle, y faisaient pousser des enfants pour faire dévier les lignes de leur vie misérable. Yaya avait rigolé – arrête tes conneries. T'es loin d'être la seule, petite.

Il avait raison. Au mois d'avril, ses règles n'étaient pas arrivées. Elle y pensait alors qu'elle tentait de dormir dans le salon, recevant encore sur les paupières la lumière bleue de la télé. Là, elle avait entendu des coups à défoncer la porte. Ouvre, salope ! hurlait en français une voix d'homme en frappant encore. Sarah avait ouvert les yeux ; elle mit quelques secondes à distinguer, la regardant par la fenêtre, furieux, un des vieux des cercles.

Sa mère avait mis des plombes à le faire partir. Elle avait débarqué en robe de chambre jaune dans le salon – le peignoir était court et laissait voir les varices sur ses mollets – et elle s'était plantée devant la vitre. Elle avait hurlé plus fort que lui en agitant les bras : je les ai pas, putain, tes bijoux, je te dis que je les ai pas. Comme le gars commençait à donner des coups de pied, Sarah avait poussé le canapé jusqu'à la porte pour bloquer l'entrée. J'appelle la police, hurlait Monique, et le vieux répondait : c'est ça, appelle la police, ils vont te couper tes deux mains, sale voleuse, ils vont t'envoyer à Inezgane avec les militants et les pédés. Finalement, aux premières lueurs du jour, il s'était calmé ; tout le monde, aux premières lueurs du jour, se calme toujours, puisque les autres sont à nouveau visibles et qu'on se sait visible d'eux. À Cannes, le gros Joe ne buvait jamais une goutte la journée, alors qu'il aimait sacrément la bière après le coucher du soleil, et jusque tard dans la nuit – jamais au bistrot au lieu d'aller bosser, il disait à Monique, tu le vois bien, que je suis pas alcoolique.

« Tout ça pour trois colliers de rien du tout que j'ai piqués à sa femme », siffla Monique, une fois le vieux parti.

Il faisait jour, maintenant, et elle se tenait adossée contre l'évier de la cuisine, énorme dans son peignoir jaune, une grande bouteille de Sidi Ali à la main – chaque semaine, Driss leur en apportait des packs de six.

« T'en as fait quoi, des colliers ? » demanda Sarah, en bâillant.

Elle s'était recouchée. Elle n'avait pas eu la force de replacer le canapé et elle sentait sur ses joues le vent froid qui passait à travers l'interstice de la porte. Ça faisait comme sur la moto avec Driss quand il allait à cent à l'heure sur la Corniche après La Notte, alors ça lui allait bien.

« Vendus, dit Monique. Elle en avait au moins cinquante, la bonne femme, alors bon. »

Sarah ferma les yeux. Blottie contre les coussins du canapé, elle entendit sa mère boire encore goulûment, les grosses gorgées de Sidi Ali se succédant dans son gosier, bruyantes. Elle l'entendit fermer la bouteille, ouvrir le frigo, renifler. Et elle l'entendit aussi lorsqu'elle ajouta qu'en plus, la salope de femme du vieux du Cercle, elle lui avait fait leur môme dans le dos, et qu'il était bien obligé maintenant de lui offrir des colliers pour pas avoir l'air trop con, et qu'un collier de plus ou de moins, ça ne change rien, hein, et ça compense, parce qu'elle, quand elle avait fait le coup à son père le noiraud, le militaire, beau comme Marlon Brando, il s'était barré, le salaud, il s'était barré à l'annonce de la grossesse, et ses soi-disant colliers, elle en avait jamais vu la couleur.

27

Au mois de mai, à Casa, le Sun se remplissait à nouveau. Il restait ainsi bondé jusqu'à la fin du mois d'octobre – les femmes se faisaient bronzer autour des trois piscines, leurs larges cuisses huilées étalées sur les transats qui, lorsqu'elles se levaient pour gifler leurs gosses hurlants en pleine bataille d'eau, leur laissaient des marques rectangulaires sur les fesses. « Fais ton boulot », criaient-elles ensuite au maître-nageur bedonnant, assis sur le rebord, qui se grillait une cigarette ; lorsqu'elles retournaient s'allonger, leurs bracelets en or tintaient. Il y avait aussi celles qui mangeaient des fritures de poisson au restaurant du club avec leur mari – la terrasse surplombait la plage publique, où les mômes des bidonvilles faisaient des doigts d'honneur derrière la baie vitrée. Certains, hilares, lançaient du sable, puis partaient en courant. Au Sun, on pouvait aussi voir les jeunes qui jouaient au tennis sur la terre battue, les vieux qui dormaient à l'ombre des cabanons, les bonnes qui nettoyaient les flaques de Hawaï renversé, à genoux entre les chaises longues, les serveurs aux chemises blanches trempées de sueur. Tout ça, Sarah l'avait imaginé des milliers de fois, avant, lorsqu'elle passait devant l'entrée, tentait de se glisser derrière quelqu'un, puis se faisait chasser par le vigile, ou lorsqu'elle escaladait la porte, la nuit, et qu'elle traînait ses sandales entre les piscines vides ; désormais, Driss avait fait inscrire son nom sur la liste de ses invités.

Avec Driss, Badr, Alain et Chirine, ils avaient réservé cinq transats et commandé des bières. « J'ai dit que j'arrêtais l'alcool, putain », gémit Badr en regardant les bouteilles. Il avait réussi à ne pas boire une seule goutte pendant le Ramadan, et il disait que ça l'avait rapproché de Dieu. « Change de religion, mon pote », lança Alain en buvant une gorgée. Chirine soupira. Après le Ramadan et la réouverture de La Notte, elle s'était retrouvée quelques fois à passer à nouveau des nuits dans l'appartement d'Alain, quartier Gauthier. « C'est pas comme si j'avais autre chose à foutre », avait-elle dit à Sarah.

« Allez Badr, craque pas », l'encouragea Sarah en tapotant son dos moite. La bière qu'elle tenait dans la main était ouverte, mais elle ne la buvait pas.

Tous les jours depuis le test de grossesse acheté en secret à la pharmacie de la Mosquée, et fait à la récré dans les toilettes des filles, elle avait eu envie de le dire à Driss. Mais elle savait bien qu'il ne fallait pas encore – car il y avait eu, deux ans plus tôt au bidonville, une drôle d'histoire dont elle se souvenait bien. Une fille s'était fait répudier parce qu'elle perdait tous les enfants qu'elle avait dans le ventre. La grossesse ne durait jamais plus de quelques semaines, alors, un jour, son mari l'avait jetée dehors en hurlant qu'elle était maudite. Quand la mère d'Abdellah avait vu la pauvre fille revenir au bidonville, rouge de honte, elle n'avait eu que cette histoire à la bouche. Du matin au soir, elle répétait : quelle honte, la pauvre, répudiée comme ça, quelle honte. Puis, parfois, elle haussait les épaules : en même temps, elle le mérite. Mais la vérité, c'était que tout le monde avait de la peine pour cette petite, au bidonville, car elle était, comme on dit, *bent nass*, une fille du peuple : elle se couvrait la tête depuis l'enfance, elle ne fréquentait pas de garçons, elle baissait les yeux quand un homme lui parlait, elle n'était pas trop belle et restait beaucoup à la maison. Les femmes du voisinage félicitaient sa mère pour cette belle éducation et il ne faisait pas de doute qu'elle allait trouver un mari rapidement. Il avait effectivement suffi de l'envoyer une seule fois livrer des briques de lait à une épicerie du centre-ville pour qu'un homme l'arrête : où habites-tu ? avait-il demandé. Comment s'appelle ton père ? Il était venu demander sa main une semaine plus tard. Les femmes du bidonville avaient poussé des youyous jusqu'au coucher du soleil. Alors quand, deux ans après le mariage, les vieilles la voyaient de retour, à étendre le linge de ses parents le regard triste, elles ne pouvaient pas s'empêcher de murmurer : quel destin tragique. On n'espérait plus rien pour elle ; elle était périmée, maintenant. Et pourtant, après quelques mois, une nouvelle se répandit : un homme acceptait de la reprendre. C'était un gars de Hay Mohammadi qui n'avait pas de travail, mais c'était tout de même une aubaine, pour une divorcée. Ils s'étaient mariés – et il se trouva que, neuf mois plus tard, elle avait accouché de jumeaux.

On n'osait pas le dire trop fort, parce qu'on l'aimait bien, la *bent nass*, on ne voulait pas lui causer un deuxième divorce, mais le bruit courait jusqu'à Derb Sultan : c'était sûr, elle avait fait de la sorcellerie. Beaucoup affirmaient l'avoir vue sortir de Sidi Abderrahmane, et d'autres assuraient avoir senti, devant sa porte, l'odeur de la sauge et du harmal brûlés. On observait ses enfants – après les jumeaux, il y en avait eu un troisième – et on voyait bien qu'ils avaient l'œil plus vif que les autres. Certaines mères du quartier ne laissaient pas leurs gosses les approcher, les traitaient d'esprits maléfiques – « *Jnoun !* » sifflaient-elles, les dents serrées. Sarah n'y croyait pas, à ces histoires de sorts et d'enfants démons, mais un soir, la mère d'Abdellah lui avait raconté ceci : même si la *bent nass* démentait publiquement toute forme de sorcellerie, en réalité, elle recevait chaque semaine un groupe de femmes qui s'agglutinaient à sa porte, quand son mari dormait. Là, en chuchotant, elle leur listait des sortilèges qu'elle avait appris – ceux qui gardaient les enfants vivants. Quelques-uns s'étaient propagés – sauter par-dessus du charbon en feu quand la lune est pleine, boire de l'eau de pluie en disant une prière, sacrifier un coq, bien sûr, et ne dire à personne, personne, qu'on est enceinte, pendant trois mois au moins pour éviter le mauvais œil. Sarah n'avait pas de charbon ni de coq, il n'avait pas plu depuis des semaines, mais au moins, elle n'avait rien dit à Driss.

Il n'aurait pas été disposé à l'écouter, de toutes les façons. Alors que Badr, penché sur la petite table près de lui, décortiquait des crevettes, jambes écartées, suçant les têtes en faisant des bruits de bouche, que Chirine se collait à Alain pour partager la musique de son walkman, le menton relevé vers le casque sur lequel il tirait, et que Sarah, assise sur le bord du transat, croquait dans la tranche de pastèque, puis en crachait les pépins un à un sur les mômes devant elle qui, en sentant les projectiles sur leurs peaux, regardaient autour d'un air perplexe, Driss se rongeait les ongles. Il n'avait pas cessé de se ronger les ongles depuis trois heures qu'ils étaient là, et de regarder sa montre – il calculait, disait-il, l'heure qu'il était à New York. À certains moments, quand Sarah était allongée contre lui, elle l'entendait marmonner : trois conteneurs de cinquante mille jeans chacun, trois conteneurs de cinquante mille jeans. Le client n'avait toujours pas payé. C'était la fête du Travail, à Casa, il faisait beau, et tout le monde, même les femmes, était dehors – mais Driss attendait qu'il soit quatorze heures pour prendre sa moto direction Jean's Fabric. « Quatorze heures ici, c'est neuf heures du matin à New York, il disait. À neuf heures pile, j'appelle. J'appellerai toute la journée, toute la journée, ils seront obligés de répondre. » On avait bien essayé de le dissuader, de l'engager à profiter du jour férié, de lui dire qu'il s'en occuperait demain, mais il n'y avait rien à faire : dix minutes avant quatorze heures, il s'était levé d'un bond, avait remis ses tongs, son tee-shirt et, en marmonnant « à plus », s'était dirigé vers la sortie du Sun.

Sarah s'étendit sur la place laissée vide du transat. Elle mit sa casquette et alluma son walkman, dans lequel se trouvait la cassette du gars du marché noir de Derb Ghallef – il lui avait mis toutes les chansons de Madonna, comme elle le lui avait demandé, et même des tubes que personne ne connaissait. « Chanson exclusif, Lalla, juste pour toi », il avait dit. Puis, de la main, elle appela un serveur. Oui, Lalla ? sourit-il, arrivé à son niveau. Juste avant de porter le casque à ses oreilles, Sarah lança d'une voix claire :

« Va me chercher une bouteille d'eau. »

Déjà, le bébé dans le ventre lui faisait tourner la tête, quand elle se levait trop vite, par exemple, ou quand elle avait vomi. Mais ce qui tournait, surtout, c'étaient les lustres, les centaines de lustres qui seraient les siens, bientôt, quand Driss l'épouserait, qui tourneraient au-dessus de sa tête, comme les robes qu'elle porterait, virevoltantes, et les motifs en tourbillon sur les tapis de soie, et la cuillère en bois dans le tajine, dont le lent mouvement circulaire emporterait le bœuf, le thym et le laurier. Madonna dans ses oreilles chantait, et Sarah lançait des regards en coin à Chirine embrassant le cou d'Alain, la naïve, l'embrassant alors même qu'il ne l'épouserait pas. Un soir, dans la petite maison près de la piscine, Driss avait dit à Sarah qu'Alain comptait se barrer. Il avait appelé une agence qui s'occupait des migrations vers Israël ; il disait qu'il n'y aurait plus rien, bientôt, pour les Juifs à Casa, qu'il fallait bien qu'il se trouve une femme et que, s'il continuait ici, il allait mourir de son putain de karkoubi. Chirine n'en savait encore rien. Elle n'avait qu'à tomber enceinte, elle aussi, pensait Sarah, au lieu de se faire avoir par la vie comme ça.

Elle ne sut pas si elle s'était endormie plusieurs heures à cette pensée, sous le soleil, au son d'une ballade en anglais, ou si c'était à peine cinq minutes. Ce qu'elle sut en revanche, c'est qu'elle fut réveillée brusquement. Une main hystérique la secoua soudain ; et entre les rires des gosses dans la piscine et ses rires à elle, dans son rêve, où vêtue d'une robe de bal et de sa casquette rouge, elle dansait sur le toit d'une villa à Dar

Bouazza, elle entendit une voix hoquetante qui sanglotait et répétait, infatigable : « Les enchères, les enchères. »

Elle se redressa : Driss n'avait jamais eu des yeux comme ça. Ils fondaient. Ils coulaient, lâches, vers le dallage humide du Sun, et dans le vert de thym, il y avait toutes les douleurs de l'Atlas, les hurlements des enfants qui chutent du haut des montagnes. Calme-toi, lui dit-elle, plaquant ses mains sur ses épaules. Elle sentait, enroulé dans ses cheveux longs, le casque du walkman qui pendait, tirait sur ses pointes, mais elle ne retira pas ses mains des épaules de Driss : il convulsait. Les enchères, les enchères, continuait-il à répéter, ses yeux se gorgeant d'une eau qui se déversait ensuite par jets puissants sur ses joues, et c'était les cascades d'Ouzoud sur son visage fait de roches et de cratères, les cascades d'Ouzoud sur son visage monde. Les enchères, les enchères, il répétait, et elle disait encore : calme-toi, Driss, calme-toi, et elle lui essuyait la joue du plat d'une de ses mains, gardant l'autre agrippée à son épaule car, elle le savait, si elle la lâchait, il mourrait.

Ce qu'il s'était passé, Sarah le sut le soir venu, c'était qu'au deuxième coup de téléphone de Driss au client de New York, une femme avait répondu – c'était la secrétaire. *I speak to ze manager*, bredouilla Driss, en frappant du pied sous le bureau en bois verni, au sixième étage de l'usine vide à Sidi Moumen. Des centaines de fois, depuis le mois de novembre, il avait appelé le vieux pote du lycée qui lui avait déniché le contrat avec le client. Mais t'inquiète pas, mon frère, répondait le pote, on n'a pas eu le temps d'aller chercher la marchandise au port, mais c'est une question de semaines, je te jure, le mois prochain, je te jure, le mois prochain on récupère les jeans et tu auras ton fric. Alors Driss attendait. Mais le mois suivant, les jeans n'avaient pas bougé du port, personne ne l'avait payé, et son père s'impatientait – il est où, le fric, putain, Driss ? Il est où ? Et le pote, avec les semaines qui passaient, ne répondait plus au téléphone. Alors Driss s'était mis à appeler directement l'enseigne. Le patron n'est pas disponible, lui répondait la secrétaire chaque fois qu'il parvenait à expliquer en anglais ce qu'il voulait. Quand il s'énervait, elle disait : adressez-nous un courrier, et elle raccrochait. Tout ça le rendait fou. Et pourtant, cette fois-ci, enfin, des mois et des mois après la livraison, après l'arrivée au port des trois conteneurs rouges de cinquante mille jeans chacun qui avaient fait trente jours de voyage depuis Casablanca, après des hurlements contre le transitaire, le port, après des crises de larmes contre le sein de Sarah dans la petite maison près de la piscine, la secrétaire répondit : le patron ? mais bien sûr, je vous le passe.

Peut-être le patron fumait-il un cigare en prononçant ces mots, installé tout en haut d'une tour de verre qui donnait sur le port de New York.

Peut-être observait-il, rêveur, le mât de charge plongeant dans le brouillard et s'y noyant, saisissant l'un des conteneurs sur le cargo comme le bras d'un géant. Peut-être regrettait-il le vent de novembre, qui apportait le frais, peut-être avait-il une pensée pour l'agent portuaire, en bas, qui suait sous sa veste jaune, et peut-être activait-il, d'une pression nonchalante sur une télécommande, la climatisation. En tout cas, c'était comme ça que Driss se l'était imaginé lorsqu'il entendit : mais enfin, nous avons déjà payé.

L'enseigne avait effectivement réglé, une dizaine de jours plus tôt, moins d'un tiers du prix négocié en novembre pour la commande des cent cinquante mille jeans, la plus grosse commande de l'histoire de Jean's Fabric, et la première avec l'Amérique. Car, Driss l'apprenait en tremblant, le combiné blanc du bureau de son père serré entre les doigts, selon les règles du port de commerce de New York, toute marchandise non récupérée après six mois était mise aux enchères. Le client avait obtenu les jeans qu'il avait commandés au tarif de la mise à prix.

Tu t'en es enfin rendu compte, avait ri son père lorsque Driss l'avait appelé, bégayant de fureur, pour lui annoncer la nouvelle. Mais tu le savais ? Bien sûr que je le savais, imbécile, et tu peux me remercier de t'avoir laissé faire, il fallait bien que tu apprennes le business. Et sous les étranglements indignés de son fils, il avait ajouté : calme-toi, va. C'était même pas une si grosse commande.

Au Sun, Sarah était parvenue à allonger Driss sur le transat et à lui faire boire de l'eau. On va demander un taxi, disait-elle, on va rentrer chez toi. Il n'avait pas voulu. Plus jamais je le vois, ce fils de pute de père, plus jamais. Ils étaient restés là, allongés l'un contre l'autre. Les autres avaient fini par partir – ça va aller ? murmuraient-ils, l'air inquiet, leurs serviettes de plage roulées sous leurs bras. Ça va aller, répondait Sarah en caressant le front de Driss. Ensemble, jusqu'au coucher du soleil, ils écoutèrent la mer, les yeux fermés, et le claquement des sandales des femmes qui s'en allaient, les crachats des serveurs penchés désormais sur la rambarde qui donnait sur la plage, un verre de thé à la main. De temps en temps, Driss tressaillait soudain, poussait un gémissement ; Sarah plaquait à nouveau sa main sur son épaule, et il s'apaisait. Quand il n'y eut plus personne, et qu'à la tombée de la nuit, le vigile déplaça son corps lourd entre les transats empilés pour leur demander de partir, ils se traînèrent jusqu'à la moto. Ils ne savaient pas où aller ; alors ils roulèrent jusqu'à Hay Mohammadi.

28

Quand Sarah et sa mère étaient arrivées à Casablanca, elles avaient d'abord vécu dans une maison quartier de l'Oasis – c'était Didier qui l'avait trouvée. Une maison tout entière pour eux trois, répétait sa mère, moins chère que l'appartement pourri du gros Joe à Cannes, et avec deux chambres, oui, deux, et ça, c'était sacrément mieux que de se partager le canapé de Rita la folle qui faisait la voyance. À dix minutes de là, il y avait le Cercle amical des Français, et dans le minuscule jardin, Sarah s'en souvenait, l'ancien locataire avait planté un rosier qui faisait des roses rouges comme des bouches ; quand ça gueulait à l'intérieur, elle sortait et elle allait les voir discuter entre elles, les roses, et elle discutait avec elles – elle pressait les pétales, les relâchait pour que les lèvres forment les mots. Et puis Didier avait pris tout le fric prévu pour le magasin, les économies de Monique, le crédit à la BMCI à son nom à elle, et il avait disparu. Les bouches rouges du rosier continuaient à papoter pendant que Monique allait et venait dans Casa pour supplier le propriétaire pour le loyer, supplier l'école pour les livres et la cantine, supplier les gens du Cercle amical pour un poste de secrétaire, de gardienne ; et lorsqu'elle s'était mise à sortir au milieu de la nuit, les joues pleines de poudre, pour faire la tournée des cercles de poker, les roses chuchotaient encore à l'oreille de Sarah qui s'était glissée, juste après sa mère, dans le petit jardin. Chaque soir, elle l'y attendait. Souvent au bout d'une heure, elle s'était assoupie, les cheveux emmêlés dans les tiges et les épines, et elle sursautait lorsqu'elle entendait la voiture se garer devant l'entrée. Elle retournait alors sur la pointe des pieds à l'intérieur de la maison ; sa mère entrait quelques secondes après, accompagnée d'un homme ou deux. Et puis un jour, les bouches du rosier s'étaient tues. Monique avait fait les valises, et devant la porte, un vieux en Mercedes les attendait. Il les avait conduites au deux-pièces de Hay Mohammadi, près des Carrières Centrales, et sur le chemin, il disait : paie juste l'eau et l'électricité, ça m'ira, et sa mère répondait : merci, merci.

Il n'y avait pas de roses à Hay Mohammadi, alors Sarah n'avait plus eu envie de parler. Ça tombait bien, puisque Abdellah, lui, n'avait fait que jacasser, depuis le jour où il l'avait vue, une nuit, assise toute seule devant la porte de la maison délabrée à attendre sa mère. Faut pas rester dehors la nuit ici, il avait dit. Il n'avait pas dix ans, à l'époque. Il se tenait en équilibre sur les fils du grillage, minuscule, son maillot de foot qui lui allait jusqu'aux genoux, mâchant un des chewing-gums Flash Wondermint qu'il n'avait pas réussi à vendre. La peau de son visage n'avait pas encore toutes les taches d'aujourd'hui. T'es dehors, toi, avait répondu Sarah. Oui, avait-il rétorqué, mais moi, je suis un garçon.

Il lui avait tout montré de la rue. Qu'est-ce qu'elle fout là, cette pute ? lançaient les joueurs de foot quand ils les voyaient passer tous les deux près du terrain vague, tantôt hilares, se partageant un joint, tantôt silencieux, n'écoutant que le bruit de la canette de Fanta vide qu'ils faisaient rouler entre le bout de leurs pieds. Abdellah lui murmurait : ne fais pas attention à eux, et ils avançaient sous les sifflements. Les gars de Hay Mohammadi n'avaient jamais cessé de la siffler quand elle passait près d'eux, même des années après. Mais ce qui n'était pas trop mal, c'était qu'ils ne la touchaient pas, comme ça arrivait beaucoup dans le quartier – grâce à Abdellah, ils savaient qu'elle était française, que les Françaises marchaient dans la rue, que c'était comme ça, et que, s'ils lui faisaient quoi que ce soit, ils auraient la police de France sur le dos et là, ce serait la peine de mort direct. Ça les avait calmés ; la plupart n'osaient même plus s'approcher d'elle. Mais siffler, ils n'avaient jamais pu s'en empêcher.

C'était ce qu'elle racontait à Driss, après le

Sun, sous la nuit ; ils avaient garé la moto devant l'école publique et ils s'étaient mis à marcher. Ils passaient devant le marché, vide à cette heure, où traînaient sur le sol les pots rose vif des yaourts Raïbi Jamila, les épluchures d'orange, les feuilles de menthe écrasées par les baskets ; Sarah, elle, parlait. Elle ne s'arrêtait pas de parler. Elle disait : tu as vu tout à l'heure, quand on est passés devant le terrain vague, tu as vu que les gars n'ont pas sifflé ; quand je suis avec Abdellah, ils sifflent, quand je suis avec Yaya aussi, mais quand je suis avec toi, les gars ne sifflent pas. Ils ont trop peur des riches. Elle aurait pu passer une vie entière à le divertir comme ça, à l'empêcher de penser au sale coup de son père, elle continuait sans même reprendre son souffle, sa voix turbulente se cognant contre les baraques en tôle silencieuses du bidonville derrière eux – car à la seconde où elle s'arrêtait, l'eau revenait dans les yeux de Driss, et sa poitrine était à nouveau prise de spasmes, et les cascades d'Ouzoud, les terribles cascades d'Ouzoud manquaient de se déverser encore – les enchères, il murmurait, à la moindre seconde de silence. Non, disait Sarah en le tenant fermement par le bras, n'y pense pas, à ce connard, n'y pense pas, écoute-moi. Elle le tirait pour qu'ils avancent. Elle racontait alors les flics, qui étaient pires que son père, bien pires, qui une fois, sur ce même marché, comme elle traînassait et ne volait même pas, l'avaient arrêtée. C'est une tenue, ça, d'avoir les épaules découvertes ? avaient-ils dit. En parlant, ils les lui avaient effleurées, les épaules, et parce qu'elle s'était dégagée d'un mouvement sec, ils avaient voulu la conduire au poste pour insolence. Elle avait dû courir comme une folle jusqu'au vieux cinéma Saada ; si on en connaissait les recoins secrets, c'était le meilleur endroit pour se cacher de la police. Les dealeurs aussi venaient se planquer là pour s'échanger le karkoubi, et quelques gars du coin y emmenaient des putes, ils se glissaient entre les rangées de sièges de la salle où trente ans plus tôt, à l'époque où la place ne coûtait que cinquante centimes et que les gens se bousculaient pour entrer, on passait encore des films. De vrais films, se souvenait la mère d'Abdellah, des films de Hollywood, avec des femmes blondes, des hommes en costume ; parfois, elle ajoutait dans un murmure qu'ils ne coupaient même pas les scènes de baiser.

« Ah oui ? reniflait Driss.

— Je te jure. »

Rue du Lotissement, elle disait : tu vois, là-bas, c'est le commissariat de Derb Moulay Cherif ; il est toujours fermé, toujours, depuis que je suis ici. Elle disait que lorsqu'elle traînait à côté avec Abdellah quand elle était petite, de vieilles folles se mettaient à leur hurler dessus : allez-vous-en, allez-vous-en, morveux, c'est hanté, ici, c'est hanté ! Elles faisaient de grands mouvements de bras et, avec les larges manches de leurs djellabas, elles ressemblaient à des chauves-souris.

Abdellah faisait semblant de se marrer, mais ce n'était rien que de la comédie ; lui aussi, il mourait de peur devant ce commissariat. Sarah n'osa pas lui dire la vérité quand elle l'entendit murmurée à sa mère par l'un des vieux des cercles – c'était là-dedans qu'on torturait les opposants au roi.

Ils marchèrent ainsi jusque devant chez elle, et elle continuait les histoires, les petits garçons qui se prostituaient à l'arrière du terrain vague, et leurs clients qui, quand ils voyaient passer Yaya dans son taxi, lui crachaient dessus, le traitaient de sale pédé. Il y avait cette fille qui avait été violée dans la rue, en pleine journée ; quand les parents l'avaient su, ils avaient organisé un conciliabule dans le quartier. On ne savait pas quoi faire pour sauver son honneur maintenant qu'elle n'était plus vierge – si les flics savaient, elle allait se retrouver en prison, et c'était pas comme chez les riches, ici, on pouvait pas se faire reconstruire un hymen quand on voulait. Finalement, le gars qui l'avait violée avait accepté de l'épouser et tout le monde était très soulagé.

Driss écoutait, désarçonné, comme il écoutait les conversations de ses ouvrières. Il tentait, l'air troublé, de comprendre les coutumes lointaines des pauvres, et Sarah savait bien que plus elle lui racontait le Hay, sa violence désinhibée, la tyrannie de flics désespérés sur des démunis toujours hors la loi, plus le Hay lui apparaissait comme l'autre bout du monde. Lorsque à force d'histoires la bouche de Driss s'était entrouverte, que ses sourcils s'étaient froncés, Sarah sut qu'il ne pensait plus aux enchères. Elle embrassa sa joue : tu sais, t'en feras d'autres, des affaires avec l'Amérique. Il sourit un peu et elle parla encore, des petits qui sniffaient de la colle, des vendeurs à la sauvette. Et puis ils s'étaient assis devant la porte de la maison, et Sarah avait tourné la tête vers le grillage d'où, des années plus tôt, Abdellah lui avait parlé pour la première fois. Derrière, les poubelles débordaient.

Elle n'avait plus pu détacher son regard de ces poubelles. Elle n'avait plus pu parler. Driss lui demanda : ça va ?

Sarah voyait remuer les emballages de Merendina et de Skittles autour de bouts de chaise en plastique cassée, et les peaux de banane, les épis de maïs grignotés jusqu'à l'os, les couches sales – autour, même la nuit, les mouches bourdonnaient. C'était dans une de ces poubelles que, l'année précédente, on avait trouvé un bébé, les yeux mi-clos, plus petit qu'une bouteille de Sidi Ali ; il ne pleurait plus. Sûrement une fille pas mariée, avait dit le flic, elle a dû avoir peur d'être dénoncée.

« Qu'est-ce qu'il y a ? » demanda Driss.

Sarah tourna les yeux vers lui. T'es bizarre, dit Driss, si, t'es bizarre, je le vois bien, que t'es bizarre, dis-moi, qu'est-ce qu'il y a, pourquoi t'es bizarre ? Dis-moi, dis-moi. Il tenait son visage sombre entre ses mains, il plongeait ses yeux dans ses yeux, et elle sentait, contre sa mâchoire, l'acier glacé de la Rolex. Dis-moi, il répétait. Elle le fit. La voix timide, elle lui raconta l'histoire du bébé dans la poubelle. Elle lui raconta les filles-mères, ces gamines qu'on dénonçait à l'hôpital juste après l'accouchement et qui en sortaient menottées, mais aussi celles qui, par chance, parvenaient à s'enfuir, boitant de douleur, et qui ne savaient pas comment cacher le bébé, qui le foutaient dans les placards, dans les poubelles, ou à la porte d'une belle maison d'Anfa Supérieur, enroulé dans une couverture trouée. Elle lui dit qu'elle, elle ne voulait pas aller en prison, qu'elle ne voulait pas que le bébé dans son ventre se retrouve à la poubelle.

Driss la fixait, l'air ahuri, le thym dans ses yeux qui remuait, remuait, faisait des bulles avec l'huile chaude du tajine. « Hein ? » dit-il. Sarah pria de toutes ses forces pour qu'il comprenne, lui qui jusqu'à présent avait tout compris, tout su et tout aimé, lui qui était son seul ami depuis les roses en forme de bouche, son frère. Driss lâcha doucement son visage. Ses yeux effarés se déplacèrent d'elle à la rue, puis de la rue au grillage, où les poubelles débordaient. Ils virent alors les emballages de Merendina et de Skittles, les épis de maïs, les couches sales, et, juste derrière, la baraque en tôle où Abdellah dormait aux pieds de sa mère, et toutes les autres baraques en tôle, et tout le bidonville, et au loin, les rues de Hay Mohammadi où fumaient les gars en maillot de foot, et leurs femmes de seize ans qui berçaient les mômes dans les appartements, et les flics, et les mendiants, et les cris étouffés de ceux qui osaient encore crier, tabassés dans des faux commissariats, et les ouvrières de Sidi Moumen, et tout Casablanca. Alors, il lui répondit.

« D'accord. »

29

Ils avaient décidé du plan là, assis devant la porte de la maison de Hay Mohammadi, et ils l'avaient corrigé cent fois, précisé, appris par cœur, et répété laconiquement à l'autre jusqu'à quatre heures du matin, s'interrompant à la moindre erreur – non, disait Driss, tu as oublié une étape ; et Sarah recommençait. De temps en temps, entendant un bruissement dans les feuilles du palmier derrière, ou un linge tomber des fils de fer suspendus entre les baraques du bidonville, ils se taisaient soudain, la main de Sarah s'agrippant à la poignée de porte. Ce n'était jamais personne ; dans la pénombre alors, ils se souriaient, et à nouveau, vibrant d'excitation de le savoir si bien désormais, ils récitaient leur plan. Quand ce fut le moment pour Driss de rentrer chez lui, Sarah lui fit promettre qu'une fois le plan achevé ils reviendraient. Ils s'installeraient ici même, devant la porte de la maison, seuls tous les deux en pleine nuit, et ils feraient du bruit cette fois, et peut-être même qu'ils se tiendraient la main ; alors quand les flics viendraient pour leur demander des comptes, ils ne se cacheraient pas, ils ne négocieraient pas. Ils ne donneraient même pas cent dirhams. Ils leur tendraient, l'air serein, les papiers du mariage.

Il n'y avait plus qu'à attendre trois semaines. Dans trois semaines, presque soixante-dix jours seraient passés depuis la fin du Ramadan – l'Aïd-el-Kébir commencerait. Sarah avait toujours détesté cette période de l'année ; car alors, pendant trois jours, tout Casa puait, avec les carcasses de moutons qui pendaient devant les garages de Hay Mohammadi, et les bouchers qui se promenaient dans les rues, leurs blouses pleines de sang et leurs couteaux dans les mains, criant « Boucher ! Boucher ! », et les viscères par terre sur lesquels elle glissait ; tout ça la dégoûtait. Mais cette année, pendant trois semaines, elle était allée plusieurs fois voir le chapiteau de fortune dressé près de l'école publique, sous lequel les familles se pressaient pour réserver leurs bêtes. Elle s'était approchée des moutons qui y bêlaient comme des fous, des hommes et des femmes qui se poussaient contre la barrière, marchandaient, voulaient toucher les pelages. « Combien, celui-là ? » demandait un gars en tenue de gardien ; à l'annonce du prix, il s'indignait : « Mais il est tout petit ! » Le berger frétillait au milieu des prises de commande, tantôt négociant un prix d'un air révolté, convoquant le Coran pour justifier les tarifs, tantôt notant l'adresse de livraison qu'une grosse dame lui dictait à grand-peine, son gosse en larmes tirant sur sa djellaba. Sarah lui tapotait sur l'épaule pendant qu'il prenait un autre client. Alors, disait-elle, tu connais la date exacte de la fête ? La voyant encore plantée là, sous son chapiteau, le berger levait les yeux au ciel : putain, je te l'ai dit cent fois, gamine, ça dépend de la lune ! Tu vas pas revenir me demander ça tous les deux jours ? Bien sûr, Sarah revenait tous les deux jours. Elle posait la même question, et de la même réponse, elle se délectait.

Driss aussi était impatient. Lorsqu'il venait la chercher au lycée, le soir, et qu'il la voyait approcher, casquette rouge vissée sur la tête et walkman aux oreilles, ses sandales neuves qui brillaient au milieu de celles des princesses d'Anfa attendant leurs chauffeurs, il lui souriait. Elle lui souriait en retour et ils restaient là, sur le trottoir, à se regarder bêtement, seuls au monde avec leur secret. Les Porsche autour d'eux klaxonnaient pour qu'ils bougent – une fois, c'était Kamil qui, de sa décapotable, leur avait lancé un regard écœuré. Ils s'en fichaient ; dans deux semaines, dans une semaine, ce serait l'Aïd-el-Kébir, et le plan commencerait. Ils roulaient alors à cent à l'heure entre les voitures, passaient à Aïn Diab, près du *chouay* Americano où, cinq mois plus tôt, ils s'étaient embrassés pour la première fois ; ils s'arrêtaient devant les maisons, celles de l'Oasis, d'Anfa Supérieur ou de Californie – on vivra dans celle-ci, disait Driss, non, on achètera celle-là. Et arrivés enfin dans la petite maison près de la piscine, ils s'allongeaient sur le billard et rêvaient aux après-midi à venir, avec leur enfant, au bord de leur propre piscine, sur leur propre transat. Je vais lui montrer, à mon père, que j'ai pas besoin de lui, disait Driss, faisant rouler la boule n° 8 entre ses mains, je vais lui montrer qu'à partir de maintenant moi aussi je suis chef de famille, le chef de ma propre famille, et j'en ai rien à foutre, de ce qu'il pensera. Je serai plus son fils, non, je serai un père, moi, un homme, et je vais partir en voyage d'affaires moi aussi, je vais plus rester à Casa comme un con à superviser les ouvrières, je vais partir et je vais revenir avec des cadeaux, pour toi et pour le bébé, avec plein de cadeaux, et tu seras la plus heureuse du monde, et ce sera fini, les connards qui te sifflent au bidonville, je vais te sortir de là, parce que je serai un chef de famille, le chef de ma propre famille. Sarah l'embrassait dans le cou – ce sera quoi, les cadeaux que tu me rapporteras ?

Le jour de l'Aïd-el-Kébir, les parents de Driss, mais aussi ses grands-parents, ses oncles, ses tantes, et leurs enfants, se retrouveraient près de la piscine pour le sacrifice des bêtes. Il y aurait dans le jardin, comme chaque année, une demi-douzaine de moutons – un mouton par famille, bientôt égorgé au couteau par le chef de chaque famille. Mais cette année, dans la vieille Honda du livreur de moutons qui se garerait devant la maison à sept heures du matin, le père de Driss compterait un animal de trop. Il s'étonnerait, négocierait peut-être, puis, en questionnant le livreur, se rendrait à l'évidence : Driss avait commandé un mouton en plus. « Pourquoi un mouton en plus ? » interrogerait-il son fils. Alors Driss le lui annoncerait – il avait demandé une fille en mariage. Il était un homme désormais. Et pour le prouver, il irait tout à l'heure chercher sa future femme, la montrerait à la famille entière, et ce mouton, il l'égorgerait lui-même, sous les yeux de celle qu'il aimait et de son salaud de père à qui cette fois, il ne demanderait pas la permission ; car à présent, et tout le monde le saurait, lui aussi était un chef – le chef de sa propre famille.

30

Chez Sarah et Monique, dans la petite salle de bains attenante à la chambre, il y avait un miroir rectangulaire au-dessus du lavabo ; lorsqu'elle essayait les jeans que les garçons lui offraient, Sarah devait se hisser sur un tabouret pour y voir, morcelées, ses hanches épaissies par la matière. Pour apprécier l'effet du pattes d'ef sur ses chevilles, elle relevait une jambe, perdait souvent l'équilibre ; la plupart du temps, elle abandonnait et s'en remettait entièrement aux miroirs dégueulasses des toilettes du lycée. Mais le jour de l'Aïd-el-Kébir, il n'y avait pas de lycée ; alors le ruban de la robe jaune que lui avait achetée Driss, Sarah le nouait les cuisses contre la céramique humide du lavabo. Nouant, elle gonflait et dégonflait son ventre pour voir dans le miroir ce que ça ferait quand, dans quelques semaines, une *negafa* qui aurait l'air d'avoir cent ans fermerait autour de l'un de ses sept caftans d'épouse une ceinture de perles et de cristaux. Peut-être que la vieille habilleuse remarquerait un peu l'arrondi au niveau du nombril, mais elle ne dirait rien ; elle tirerait simplement plus fort sur la cordelière pour aplatir les doutes, et fermerait autour du cou de Sarah un lourd collier en or.

Sur sa bouche et ses joues, Sarah avait frotté de l'*aker fassi*. Elle avait aussi trempé un bâtonnet en bois dans le khôl de sa mère et l'avait passé à l'intérieur de ses paupières. Dans le miroir, ses yeux avaient rougi à cause de la mixture poivrée, et ils larmoyaient, mais ce n'était pas grave ; on aurait vraiment dit la future femme d'un Fassi. Elle piqua des boucles d'oreilles en fausses perles dans la boîte à bijoux de Monique et c'est ainsi parée qu'elle sortit ; maintenant, il fallait attendre Driss sur le pas de la porte. Il était neuf heures du matin, mais dehors, ça puait déjà le sang et les brochettes. Sur le côté, derrière le grillage, des gosses se tenaient près du mouton que les familles du bidonville se partageaient ; ils le scrutaient, se donnaient pour défi de le toucher, s'approchaient une seconde, puis, au moindre bêlement, reculaient. Abdellah était adossé contre le mur en tôle de sa baraque ; il regardait la scène, sa pipe de kif à la bouche. Lorsqu'il vit Sarah assise devant sa porte, il lui fit un signe de tête – *hayhay*, Lalla Sarah, tu vas à ton *hlel* ou quoi ? Normalement, quand il lui faisait des remarques de salopard comme ça, Sarah lui disait toujours de fermer sa gueule en lui faisant un doigt d'honneur – mais pas cette fois-ci. Il avait raison, Abdellah : à peu de chose près, tout ça, c'était un mariage. Driss, ce matin, s'était soulevé contre son père, et cette après-midi, il scellerait son destin en annonçant ses fiançailles publiquement, de telle sorte que ni son père le salaud ni sa mère n'oseraient réagir. On ne pourrait plus revenir en arrière. On célébrerait le mariage du fils unique pendant sept jours et sept nuits dans un palais de Marrakech, on inviterait mille personnes, des gouverneurs, des ambassadeurs, des proches de la famille royale. Ça jaserait, bien sûr, aux tables garnies d'agneau et de figues confites, et entre les mélodies des joueurs d'oud, les invités chuchoteraient : une pauvresse, tu te rends compte, et française, en plus, pour une famille pareille, alors que toute la lignée était pure, quelle honte – mais tout le long des festivités, les parents de Driss garderaient sur leur visage un sourire crispé, dissimulant sous les tam-tams, les roses, les parures et les danseuses orientales, l'insurrection de leur fils, sa prise de pouvoir. Driss arriva sur sa moto à neuf heures dix.

Sarah se leva, courut vers lui. « Alors ? Tu leur as dit ? » Il retira son casque ; ses yeux étaient inquiets comme, lorsqu'au 1000 bornes, la partie était serrée. « Oui, répondit-il. Mais il y a deux ou trois choses… »

Les deux ou trois choses, c'était que quand Driss, à la découverte du mouton supplémentaire, avait annoncé, la tête haute, qu'il était celui qui l'avait commandé, et que cette après-midi, il l'égorgerait, son père avait rigolé. Tu sais égorger un mouton, toi ? avait-il dit en tendant un billet au livreur. Puis, sans attendre de réponse, il avait hurlé les prénoms du jardinier et du chauffeur pour qu'ils s'occupent de trimballer les bêtes et il était retourné à l'intérieur de la maison. Driss avait été pris de court ; il l'avait suivi. Il avait regardé la djellaba blanche devant lui remuer à travers les pièces, scintillant dans la lumière du soleil qui traversait la baie vitrée, et s'envolant dans un virage soudain en direction de la cuisine – fais-moi un café, avait ordonné son père à la petite bonne assise sur le plan de travail, la bouche entrouverte devant l'épisode de *Marimar* qui passait sur la chaîne 2M. Oui, Sidi, avait-elle répondu avant de se lever d'un bond. Et puis il avait repris son chemin. Driss n'était pas parvenu à trouver la phrase cinglante qu'il cherchait à la hâte, la phrase qui montrerait que c'était sérieux, son histoire de mouton, et que, d'ailleurs, ce n'était pas qu'une histoire de mouton, et il avait continué à marcher derrière lui jusqu'au petit salon de l'autre côté de la villa, celui où se trouvait la grande télévision Panasonic neuve que Badr, quelques mois plus tôt, avait aidé à installer. Son père s'était vautré en bâillant sur le canapé rapporté d'Italie, où sa mère, dans une grande *gandoura* rose, la tête lovée contre un coussin en soie, était déjà étendue. Elle aussi regardait l'épisode de *Marimar*.

Le père s'était emparé de la télécommande et, en changeant de chaîne, il avait lancé à son fils, encore debout près de la porte : qu'est-ce que t'as à me suivre comme ça ?

Driss avait serré les poings.

« Je vais égorger un mouton. »

C'est alors que la bonne avait fait irruption dans la pièce. Un plateau dans les mains, elle avait bousculé Driss. Elle avait déposé le plateau sur la table basse et entrepris de verser, dans un petit verre orné de motifs argentés, le café qui frémissait encore dans la cafetière à piston. Le père avait soudain frappé un grand coup sur la table, si bien que la bonne, en tressaillant, avait renversé le liquide. Tu apportes un seul verre alors qu'on est deux, idiote, avait-il hurlé. Elle s'était agitée, avait tenté d'éponger le café avec le torchon noué à son tablier. Il lui avait foutu un coup de pied aux fesses – casse-toi. Et elle était repartie avec son plateau. Quelle incompétence, avait-il marmonné, avant de porter le café à sa bouche. Alors Driss l'avait interpellé – papa ! – et son père avait tourné son visage vers lui.

« Quoi encore ?

— Je vais égorger un mouton. »

Il aurait pu le lui répéter cent fois jusqu'à ce qu'il comprenne, le salaud, qu'il divorçait de lui. Son père avait eu un petit rire ; il s'était tourné vers sa femme, lui avait tapoté l'épaule.

« Il veut égorger un mouton. »

La mère de Driss avait relevé la tête.

« Hein ?

— Driss veut égorger un mouton », avait répété le père.

Elle avait regardé son fils, l'air incrédule, puis son mari.

« Il sait égorger un mouton ?

— Apparemment. »

Alors la mère avait reposé sa tête sur le coussin en soie.

« Eh bien, qu'il l'égorge alors. »

Et la bonne était revenue avec deux verres pour le café. C'est pendant qu'elle servait le premier verre que Driss avait tapé du pied et, pendant qu'elle servait le second que, le son de son pied n'ayant pas été entendu, il s'était emparé du vase sur la commode près de lui et l'avait lancé par terre, prêt à le briser en mille morceaux. Le vase ne s'était pas brisé – il était en bois. Il avait roulé tristement par terre jusqu'aux pieds de la bonne, dont le petit corps frêle était encore courbé au-dessus de la table, le bras à demi plié, interrompu dans son mouvement. La mère de Driss s'était soudain relevée ; son père, comme le bras de la bonne, s'était figé. Alors Driss avait tout dit – qu'il allait se marier avec une fille, qu'elle était française, et qu'elle serait là, ici, tout à l'heure, et que devant elle et devant tout le monde, oui, il allait égorger le mouton pour annoncer les fiançailles.

Sa mère avait éclaté de rire – enfin, Driss, tu n'es pas sérieux. Tu ne vas pas demander en mariage une fille sans notre accord. Driss s'était mis à crier – si, je suis sérieux ! Si, je suis sérieux ! Avec son pied, il tapait le sol, plein de l'envie de le détruire, et que la villa tout entière s'effondre sur la colline d'Anfa, et emporte toutes les autres villas de la colline d'Anfa, et qu'à la fin, il ne reste rien d'autre dans Casa que la piscine et sa petite maison sous le grand araucaria où, avec Sarah, ils avaient créé un refuge. Je l'ai demandée en mariage et, tout à l'heure, devant tout le monde, j'annoncerai les fiançailles !

Il avait vu que le visage de sa mère se durcissait, qu'elle se mettait en colère. Elle lui avait alors dit d'arrêter son cinéma, maintenant, qu'elle ne savait pas ce qui lui prenait, mais que le mariage, c'était un sujet sérieux, qu'on ne se mariait pas avec n'importe qui, et encore moins quand on était d'une famille pareille, alors que s'il voulait vraiment se marier, il devait faire les choses dans l'ordre, trouver une fille de bonne famille et organiser une rencontre entre les parents. Une Française, je rêve, s'était-elle exclamée. À nous, les descendants du Prophète, tu veux ramener une Française, et devant toute la famille en plus, pendant l'Aïd-el-Kébir. Tu es tombé sur la tête, ma parole. Ne l'écoute pas, avait dit le père, en montant le son de la télé – il ne sait pas ce qu'il dit.

Alors Driss avait lancé sa dernière arme : elle est enceinte. Et soudain, son père et sa mère étaient debout, en face de lui, sa mère lui secouant les épaules en répétant : de combien de semaines ? de combien de semaines ? Elle s'était tournée vers son mari et elle lui avait dit : à qui on peut demander, pour un avortement ? Driss avait hurlé : non ! Non ! Je vais me marier avec elle, et on aura le bébé ! Je vais égorger un mouton ! Sa mère s'était mise à pleurer. Non seulement tu nous déshonores avec une Française, mais en plus tu veux me gâcher l'Aïd en faisant un scandale. Après tout ce que j'ai préparé – les bonnes ont épluché dix kilos de légumes, elles ont passé la semaine à faire les pâtisseries, je suis épuisée ! Driss avait eu de la peine. Comment tu peux faire ça à ta mère ? avait dit son père, la bouche déformée par le dégoût. Deux heures durant, ils avaient négocié, la mère menaçant de mourir de tristesse, le père d'annuler l'Aïd tant il avait honte, et Driss claquant la porte, revenant, pleurant, disant qu'il quitterait la maison pour toujours, et ils étaient arrivés à un accord. Driss n'égorgerait pas de mouton, il n'annoncerait pas ses fiançailles et il ne gâcherait pas la fête. Mais Sarah serait bien là, avec lui, pendant les sacrifices ; ils acceptaient de la rencontrer.

31

De Hay Mohammadi au centre-ville, on voyait, comme à chaque Aïd, les bouchers partout dans les rues, leurs longs couteaux à viande attachés à la ceinture ; tous les dix mètres, ils se faisaient arrêter par les familles à l'étroit dans les garages ouverts des immeubles, encerclées par les moutons qui hurlaient. Certaines bêtes étaient déjà mortes – elles étaient pendues par les pattes à une barre d'acier. Leur sang gouttait sur le sol du garage, puis coulait sur les trottoirs, se déversait dans les égouts. Parfois, les bouchers les éviscéreraient ici, à même le sol, lavant les organes au tuyau d'arrosage ; d'autres fois, ils traînaient le mouton par les pattes jusqu'aux cuisines dans les appartements, ils les foutaient dans l'ascenseur. Ça faisait un bordel monstre entre les youyous des femmes, et les gosses qui pleuraient, et les cris des bouchers et ceux des bêtes. Alors quand Driss tourna sur la colline d'Anfa, où les rues étaient calmes et belles, où les moutons morts étaient à l'abri des regards entre les hibiscus et les chaises de jardin, il eut un sourire serein.

Il trépignait. Dans le garage, en descendant de la moto, il listait encore toutes les voitures qu'il avait vues garées devant l'entrée ; la Porsche de mon oncle, il disait, la BM de mon cousin, la Mercedes de mon grand-père, un Range Rover que je connais pas. Tu te rends compte, répétait-il à Sarah, du monde qu'il y aura ? Elle, penchée vers le rétroviseur, vérifiait que sa bouche était encore couverte des pigments rouges d'*aker fassi*, inspectait ses dents. Elle se rendait bien compte, oui, du monde qu'il y aurait, et là comme ça, à cinq mètres de descendre la grande pente du jardin que mille fois, depuis six mois, elle avait descendue avec lui, ça ne l'arrangeait pas. Ça pinçait dans son ventre. La dernière fois qu'elle avait eu à plaire à des adultes mieux qu'elle, c'était au Cercle amical des Français quand elle était petite ; à cause de sa mère qui ramenait des tas de maris dans les toilettes, pendant que leurs femmes, cigarettes entre les doigts, regardaient des gamins monter à cheval, ça ne s'était pas très bien passé. Quand elles croisaient Monique et Sarah qui traînassaient près du terrain de tennis, elles avaient toujours sur les lèvres une petite moue de dégoût ; et une fois, alors que Monique entrait dans la salle de jeu pour une partie de bridge, une des épouses aux lunettes de soleil s'était levée d'un bond et lui avait craché à la gueule. « Salopes de filles des rues qui venez foutre le bazar chez nous, rentrez chez vous ! » Depuis, Monique et Sarah évitaient toutes les deux de trop s'exposer. Elles s'étaient recluses dans les coulisses de ces vies respectables, au creux desquelles elles venaient s'immiscer parfois, battant des cils, pour piller les hommes. T'inquiète pas, va, dit Driss en plaquant sa main contre le rétroviseur, l'empêchant de voir son reflet. T'es belle, il ajouta, tout le monde le dit tout le temps, que t'es belle, et même si t'étais moche, on aurait gagné. Jamais personne de ma famille n'a ramené quelqu'un pendant l'Aïd sans être marié, tu t'en rends compte, de ça ? Jamais ! Je te le dis, ils ont peur, mes parents, ils ont eu peur du scandale qu'on voulait faire, et maintenant, je te le dis, j'en suis sûr, ils ont vu que j'étais un homme. Y a même pas besoin d'égorger un mouton, tu vois. Je ramène qui je veux, moi, pendant l'Aïd, voilà, je ramène qui je veux ; c'est ça, être un chef de famille. Il bombait le torse comme un petit prince et le thym brillait au fond de ses yeux. Ils prirent le chemin du jardin.

Descendant la pente, elle regardait ses sandales s'enfoncer dans l'herbe – les sandales en cuir neuves qu'il lui avait achetées. C'était mieux que de regarder en face, vers la piscine étouffée par les corps, par le bruit, si bien qu'on n'entendait même plus les feuilles du grand araucaria grésiller – c'était Driss, qui, un soir du Ramadan, lui avait dit de tendre l'oreille. Écoute – ça grésille. On n'entendait pas non plus l'eau qui, dans le grand silence des nuits de Sarah et Driss, était comme l'écho assourdi d'une clochette, que seuls ceux qui savaient écouter, ceux qui savaient, comme eux, dériver la course folle du monde, parvenaient à saisir ; mais le jour de l'Aïd, autour de leur piscine, c'étaient les sons des voix, des plateaux qui s'entrechoquent, les plaintes gutturales des moutons. La sandale gauche de Sarah s'enfonça dans l'herbe, et puis la droite frappa contre le carrelage ; quelques feuilles en aiguilles s'y étaient dispersées. Elle releva la tête – ils étaient arrivés.

À gauche de la piscine, une dizaine d'hommes étaient assis en cercle sur les bords des transats, jambes écartées ; certains fumaient le cigare. À droite, autant de femmes se tenaient debout, de petits verres de thé saisis entre leurs ongles fuchsia et des gamins accrochés à leurs mollets ; près d'elles, sur la nappe blanche brodée de la longue table, on avait disposé les *baghrirs* au miel, les pâtisseries, le thé et le lait caillé. Sarah ne parvenait pas à bien distinguer les visages des femmes à cause du soleil de juin qui se réfléchissait dans l'eau et qui les submergeait, mais aussi à cause des bonnes, qui couraient devant elles, théières à la main, remplissant chaque verre à thé qu'elles voyaient vide, puis s'élançant à nouveau vers le groupe des hommes depuis lequel, au loin, elles avaient entendu le bruit de succion des dernières gouttes d'un café noir. On aurait dit des chiennes. Et soudain, dans la lumière, faisant remuer au-dessus d'elle la poussière en suspension, une des femmes agita le bras – Driss ! Ils s'approchèrent.

Toutes, sur leur djellaba or, portaient les cheveux longs, dont les larges ondulations étaient un classique de Momi, le coiffeur juif de la rue des Landes. C'était ce que Sarah avait noté en premier à propos des femmes, les tantes et les cousines de Driss, alors qu'avec lui elle les saluait. Plusieurs d'entre elles avaient coloré leurs longueurs au henné – l'odeur chaude était encore forte quand on s'approchait – et elles déployaient chacune une teinte de roux plus ou moins vive selon la quantité de leurs cheveux blancs ; lorsque ceux-ci étaient encore rares et que la nuance naturelle n'était pas trop foncée, certaines chevelures se gorgeaient, avec le henné, de la couleur rouge des murs en terre et en chaux de Marrakech. C'étaient les remparts ocre de la Médina, avec sur eux l'ombre de l'Atlas et des cigognes volant sous le soleil brûlant, qu'elles portaient sur leurs têtes, pensait Sarah en rendant les sourires – voilà pourquoi il fallait être riche.

Peut-être que si elle n'avait pas tant aimé le henné, l'Atlas et les cigognes, les murs en chaux de Marrakech, Sarah aurait compris plus vite. Elle ne se serait pas laissé enivrer par la menthe que la bonne lui servait alors qu'elle lui tendait son verre dans un geste vague, un geste dont elle avait tant rêvé qu'il lui semblait qu'elle l'avait fait mille fois, comme une danse tribale dont son corps se souvenait. Les femmes riaient, taquinaient Driss, lui demandaient de ses nouvelles, et par l'éclat des diamants qui bougeaient avec leurs mains, Sarah avait été bercée – c'était bien ici, chez les riches, sa maison. Enfin chez elle, au milieu de ces femmes qui étaient, devaient être, ses semblables, et vivant l'avant-goût de sa vie véritable, elle n'avait pas vu tout de suite leurs rictus lorsque Driss la présentait : c'est mon amie française, et leurs grimaces devant ses cheveux emmêlés, ses doigts nus, et les regards étonnés, craintifs presque, qui évitaient de se poser sur elle et les perles fausses à ses oreilles. Si elle avait vu, si elle avait compris, elle serait partie ; mais elle ne voyait rien, aveuglée par les colliers, elle ne comprenait rien. C'était ce qu'elle avait pensé, plus tard, en rentrant chez elle ; il n'y avait que les riches qui comprenaient ces choses-là. Alors quand la mère de Driss s'était approchée d'eux, grande, rousse, la tête haute, et les chaussures à talons qui frappaient sur le carrelage, et qu'elle avait embrassé son fils, Sarah n'avait rien vu non plus. Elle s'était seulement noyée dans la couleur de sa djellaba, qui était émeraude, comme ses yeux, comme les pierres sur ses doigts. Que la mère lui ait sifflé un rapide bonjour, les lèvres pincées, en la regardant à peine, ça n'avait pas d'importance ; avec ses boucles épaisses et ses yeux verts, on aurait dit Lamia El Solh, la femme du prince Moulay Abdallah. Soudain, elle cria :

tout le monde est là, on peut commencer ! Du côté des femmes, un youyou retentit.

Les hommes et les femmes se traînèrent alors vers l'araucaria, derrière lequel se trouvait un préau où, habituellement, on lavait et étendait le linge – ils laissaient, sur le rebord de la piscine, les cigares encore fumant les tasses de thé vides près des serviettes en papier froissées qu'on avait jetées là, encore pleines de miettes de semoule, de sucre. Déjà, une bonne s'agenouillait pour ramasser – allez, dit Driss, on y va. Sur le chemin, quelques hommes, chemise ouverte sur le torse bronzé, les arrêtaient pour saluer Driss, lui donnant une tape dans le dos : alors mon grand, comment ça va ? Tu fais du fric j'espère ? À Sarah, ils lançaient un rapide signe du menton ; elle, elle regardait l'argent massif des chaînes à leur cou, le cuir de leurs longues chaussures. À un moment, un homme en djellaba les bouscula pour les dépasser. Sarah vit sur sa nuque, alors qu'il se pressait vers les moutons, la trace de la teinture noire, comme sur le front des vieilles dans les salons de coiffure du Maarif. C'est mon père, souffla Driss. Il est encore énervé, mais je m'en tape.

Sarah aimait bien le préau, parce que ça sentait toujours la lessive Tide. Sur le côté, les cartons orange pleins de poudre détergente étaient entassés, près de l'étendoir qui, cette fois, était rangé, plié en quatre ; ça faisait comme un trône sur lequel, les cheveux teints au henné de l'exacte couleur de l'emballage, ondulés à la brosse chauffante chez Mimo, rue des Landes, elle se rêvait assise, abreuvée de menthe par une bonne et dominant la ville. Et puis petit à petit, alors qu'elle ne voyait toujours rien d'autre que les cigognes et les bracelets en or, elle entendit.

On attendait le sacrifice, debout sous le préau, et, à côté de Driss et Sarah, un homme parlait. Il disait qu'un Apache avait demandé la main de sa fille – c'était comme ça que les riches, parfois, appelaient les gens du peuple : les Apaches. Un Berbère, continuait-il, l'air écœuré. Je sais même pas comment elle a fait pour le rencontrer, franchement, avec tout ce que j'ai payé pour la mettre dans des endroits avec des bonnes fréquentations. Mais tu vois, tu peux protéger tes gosses de rien, aujourd'hui. Je lui ai dit, à ma fille, si j'entends encore qu'un miséreux te convoite, je t'enlève ta Jaguar. Elle a pleuré, mais je suis resté ferme : y a de ces mélanges, de nos jours, il faut faire attention. Driss regarda Sarah, lui prit la main : ne l'écoute pas. Mais Sarah écoutait. L'homme continuait : quand tu commences à accepter des gens pareils dans ta famille, tu as toute la smala qui vient profiter de toi, qui se met à utiliser ton nom. Un jour, sans t'en rendre compte, tu te retrouves à passer après eux dans les administrations. Le monde à l'envers, tu te rends compte ? Le monde à l'envers. On entendit alors un bêlement déchirant.

Tout le monde fit silence. Venant de

l'araucaria, le père de Driss tirait un mouton par les cornes. C'est maintenant, le sacrifice, murmura Driss. Le mouton couinait, ralentissait le pas mais, tout de même, il se laissa traîner jusqu'au préau.

«Pourquoi il s'enfuit pas?» demanda Sarah.

Driss haussa les épaules. «Peut-être qu'il ne sait pas qu'il y a une porte.»

Trois hommes de l'assemblée vinrent prêter main-forte au père. Ensemble, ils renversèrent la bête qui gémissait, se retrouvant le dos contre le carrelage, ses quatre pattes remuant dans l'air. C'est alors que le père leva vers le ciel un couteau. Dans un geste rapide et sûr, fendant l'air avec grâce, il lui trancha la gorge. Tout le monde poussa des cris de joie.

On répéta l'opération pour tous les moutons attachés au grand araucaria, l'un après l'autre tué par un chef de famille. La flaque de sang sous les bêtes s'était étendue si rapidement que les femmes avaient reculé d'un pas, craignant de tacher leurs chaussures; deux bonnes passaient la serpillière. Le boucher, le jardinier et le chauffeur se chargeaient de pousser les moutons déjà morts sur le côté. Ils les pendaient ensuite par les pieds aux branches solides de petits yuccas; sous les feuilles vigoureuses en forme d'épée, les bêtes se vidaient de leur sang au-dessus de bassines en plastique rose que d'autres bonnes apportaient. Personne ne les regardait; mais au moment où un vieil oncle achevait le dernier sacrifice, la mère de Driss appela les domestiques. S'entendant demandés en pleine suspension des bêtes, ils s'immobilisèrent. Mais venez, enfin ! dit-elle en secouant les mains. Alors elle montra le mouton en trop encore attaché à l'araucaria et siffla à l'assemblée, d'un air entendu : on l'a commandé pour les domestiques. Tout le monde loua sa générosité.

Le personnel procéda au dernier sacrifice et les invités retournèrent au bord de la piscine. Les bracelets tintaient, la lumière des diamants ricochait sur le cristal des verres ; on pouvait en rester ébloui, garder l'éclat au fond de ses pupilles. Mais à force de les regarder, et peut-être parce que le soleil avait bougé, qu'il ne se réfléchissait plus sur l'eau de la même manière, et qu'un homme avait parlé, Sarah vit que, près de la Rolex des oncles et des cousins, il y avait leur nez, qu'ils curaient en reniflant ; que, sous la chaîne autour de la gorge, se logeaient les rots qu'ils laissaient fièrement sortir ; que le rouge sur les lèvres des femmes bougeait lorsqu'elles passaient bruyamment leur langue sur leurs dents, qu'elles hurlaient comme des hyènes sur les gosses, ou qu'elles crachaient la moitié d'un gâteau de semoule sur le sol, pour ne pas grossir. Elle les voyait soudain si bien, pensa-t-elle, et eux, pourtant se scrutant les uns les autres, ne remarquaient plus qu'à quelques mètres d'eux, des moutons étaient encore pendus aux yuccas. Ils ne voyaient pas que le boucher avait décroché l'un d'eux, qu'il l'avait étendu sur une serviette de bain. À genoux, il fit une incision au niveau de la patte ; puis il se baissa et approcha sa tête. Il plaqua sa bouche et se mit à souffler de toutes ses forces, donnant quelques fois d'autres coups de couteau, et soufflant à nouveau, si bien que la peau se décolla du muscle à la force de son souffle et qu'après cinq minutes, le mouton était gonflé de toutes parts, monstrueux. Il se fit dépecer petit à petit. Sur l'herbe fraîche, près des hibiscus et des roses, non loin de la fontaine et de la piscine infinie où, déjà, les invités aveugles demandaient qu'on leur presse des oranges, des masses de chair à vif, de muscles et d'os gisaient, bientôt découpées en morceaux, les organes placés un à un dans les bassines. Les bonnes essoufflées les portaient une à une jusqu'à la petite maison. « Quand j'étais petit, je voulais pas qu'ils meurent », dit Driss, qui regardait la scène près d'elle – sous le préau, on voyait encore un peu de la flaque de sang rose pâle diluée à l'eau courante qui disparaissait dans la grille d'évacuation. « Je hurlais pour que ça cesse.

— Et maintenant ? » dit Sarah.

La dernière bassine venait d'être remplie.

« Maintenant, je sais pas. C'est devenu normal. Il y a plein de choses qui deviennent normales quand tu es fatigué de hurler. »

En quittant le préau, ils virent le chauffeur trimballer les morceaux de peau dans un seau.

C'est en le contemplant que Sarah sentit des doigts tapoter sur son épaule.

« Tu viens m'aider à préparer la viande ? »

La mère de Driss tenait entre ses ongles peints le long couteau de boucher.

32

Dans la cuisine américaine de la petite maison, Sarah ne s'était jamais attardée ; c'était Driss, le plus souvent, qui allait y chercher les canettes de Pom's. Parfois, lorsqu'il s'était endormi sur le canapé les soirs du Ramadan, elle allait y faire un tour par ennui, ouvrant le frigo, en sortant un bocal de cornichons, qu'elle mangeait ensuite assise sur l'un des tabourets autour du bar en marbre. Elle mâchait fort, la bouche grande ouverte, s'amusant du claquement de ses dents dans le silence épais de la nuit qui peut-être, cette fois, réveillerait Driss – rien ne réveillait jamais Driss, et rien ne réveillait jamais cette cuisine non plus, qui était aussi inerte que la salle d'attente de la Mouqata'a où, sous la chaleur assommante, les gens comme elle et les Yaya attendaient la signature de leurs certificats par le Caïd, qui était parti faire une sieste. On y revenait tous les jours de la semaine, à la Mouqata'a, pour les certificats de vie ou ceux de résidence, on fondait presque dans la torpeur, trois, quatre heures durant, assis à même le sol poisseux entre les chaises en métal occupées par les vieux et les femmes enceintes – la seule chose qui écourtait la sieste du Caïd, c'étaient les billets de cent dirhams.

Mais le jour de l'Aïd, lorsqu'elle entra avec la mère, les bonnes avaient réveillé la cuisine. Elles s'affairaient autour du bar, y découpaient les bêtes exsangues ; elles avaient aussi recouvert le billard d'une large planche de bois sur laquelle étaient posées les bassines, et elles nettoyaient vigoureusement les panses, les intestins, en les plongeant dans un bac d'eau, la sueur perlant de leurs fronts jusqu'au cordon noué de leur tablier. Arrivée à leur niveau, la mère de Driss se glissa entre deux d'entre elles et les chassa par des mouvements de coude – faites-nous de la place, dit-elle. La plus vieille des deux bonnes l'observa, sidérée : Lalla, vous êtes sûre ? Bien sûr que je suis sûre, Fatima, bouge !

Les bonnes éjectées – elles restèrent derrière, les bras ballants, désœuvrées –, Sarah et la mère prirent place devant le plan de travail. Face à elles, deux têtes de mouton étaient couchées sur le côté ; elles étaient carbonisées mais on voyait encore le sang séché de la décapitation à la lisière du cou, et les yeux, qui étaient gris, vitreux, de la forme des gouttes de pluie du mois de mars qui coulaient sur les vitres des taxis. Il y avait aussi quelques pattes couleur de cendres dont les sabots étaient encore roses. La mère de Driss inspira longuement. D'une main, elle tira l'une des têtes vers elle puis, avec son couteau, tenta de découper une corne. Elle n'y parvint pas. Passe-moi la petite hache, Fatima, dit-elle. C'est la bonne en face d'elle qui lui tendit l'ustensile; la corne sauta immédiatement, et la seconde aussi. Elle tendit la hache à Sarah – à toi, dit-elle avant de soupirer: je les appelle toutes Fatima, c'est plus simple à retenir.

Ce n'était pas si difficile de faire sauter les cornes, ni, ensuite, de trancher les oreilles avec la scie à dents qu'elle dut passer plusieurs fois sur le cartilage pour que le fragment se détache. Il suffisait de fermer les yeux à l'intérieur; les yeux, les vrais, il fallait les garder ouverts et vifs, bien sûr, pour ne pas risquer de se tailler un doigt, mais les yeux de l'intérieur, Sarah savait qu'elle devait les fermer – car sinon, on voit l'horreur du monde établie et admise, et on devient fou. Maintenant, dit la mère, tu prends ce couteau-là et tu découpes le haut du crâne, comme moi – Sarah reproduisit les gestes un à un, sage, attendant calmement les questions qui bouillonnaient peut-être dans cette grande femme couleur de murs, les mises en garde, les pièges. Elles retirèrent la cervelle à la petite cuillère. Autour, les bonnes continuaient à s'agiter, se passant les entrailles lavées de main en main, les foies, les rognons, les cœurs, les langues aussi, les transportant à la hâte dehors, derrière la petite maison, où on les faisait cuire sur un gril – les effluves de viande commençaient à leur parvenir par vagues de fumée. C'est à ce moment-là que la mère parla.

« Tu es enceinte de combien ? »

La main de Sarah lâcha. Comme les bonnes avant elle, elle allait plonger la cervelle entière dans une terrine remplie d'eau et de vinaigre lorsque la masse gluante glissa d'entre ses doigts et éclaboussa le plan de travail.

« Deux mois », souffla-t-elle.

Déjà, des torchons rouge et blanc frottaient le vinaigre renversé. Sarah n'osait pas tout à fait lever les yeux, ne voulait pas les baisser ; elle les gardait rivés sur les filaments sanguinolents des cervelles qui flottaient au milieu des mains agitées.

« D'accord », dit la mère.

Avec son long couteau, elle fendit les joues de sa tête de mouton, dans le sens de la largeur, puis le tendit à Sarah.

« Et tu ne veux pas avorter ? »

Devant elles, une Fatima sursauta. *Allah yahafdek*, murmura-t-elle, l'horreur sur son visage voilé.

« Non », répondit Sarah.

À son tour, elle sectionna lentement de l'oreille au museau ; elle sentit sur elle, brûlant comme le gril derrière, le regard émeraude qui l'enrobait.

« Alors *hamdoullah*, lança la mère après un temps. C'est une belle action de le garder. »

Sarah leva les yeux ; sa belle-mère lui souriait.

Tout en elle souriait, même le caftan cousu d'or, même les pierres et les diamants.

« C'est une belle action, continua-t-elle, parce que franchement, quand j'y pense, il y a beaucoup de femmes qui ont séduit mon mari et qui sont tombées enceintes, les pauvres. Ses ouvrières, surtout. Elles me voient, elles me jalousent, alors elles veulent lui faire un gosse. Qu'est-ce que tu veux faire ? On leur a proposé à toutes d'avorter, de leur payer la clinique, tout ça, pour leur rendre service, vraiment, par générosité, et il y en a quatre ou cinq qui ont refusé. Refusé ! Tu te rends compte. Moi, je ne sais pas ce qu'elles ont cru. Que mon mari allait les financer, ou bien mettre les maisons à leur nom, quelque chose comme ça. Tu peux jamais savoir, avec les pauvres. Enfin, qu'Allah les protège, il les a renvoyées là d'où elles sont venues, elles se sont retrouvées avec le môme sur les bras dans un bidonville, sans un centime et avec la prison qui leur pend au nez, les flics qui tapent à leur porte tous les jours, rien à bouffer. C'est bizarre, pourtant, elles savaient très bien qui elles étaient. Il faut être rationnel : tout ça – d'un mouvement du menton, elle montra les bonnes –, ce n'est pas destiné à des filles comme elles. Je sais pas ce qu'elles se sont mis en tête. Elles auraient pu rester les maîtresses d'un homme riche et profiter des cadeaux, et à la place elles se sont mises dans cette galère. C'est incroyable, hein ? Je vais pas te mentir, parfois, je pense à elles. »

Regardant dans le vague, l'air rêveur, elle écarta de ses deux mains la mâchoire du mouton du reste de la tête, et l'en arracha.

« Enfin, *tbarkallah*, bravo pour ton courage. C'est pas facile d'affronter tout ça. »

Elle lâcha les morceaux de tête et posa doucement une de ses mains pleines de sang sur l'épaule de Sarah.

« Je ne sais pas ce qu'il a décidé, Driss, mais s'il veut t'épouser et quitter la maison, tu comprends bien qu'on ne pourra pas vous aider. On va être obligés de le sortir de l'usine jusqu'à ce qu'il te répudie et qu'il abandonne le gosse. Peut-être que tu pourras l'héberger dans ton quartier ? Il y a des *ngafate* qui font des mariages pas chers dans des caves derrière Hay Hassani, avec un petit traiteur très convenable, c'est mon jardinier, le plus jeune, qui m'a raconté. Enfin, vous faites comme vous voulez. Tu sais, moi je suis très sensible, alors ça me fend le cœur que mon fils en arrive là, mais parfois, il faut passer par là pour ramener ses enfants à la raison. Ça arrive souvent, malheureusement ; grâce à Dieu, après ils comprennent, et ils reviennent, et on n'en parle plus. »

Elle essuya ses mains dans le torchon qui pendait du tablier de la bonne à sa droite.

« Bien sûr, si tu changes d'avis, pour l'enfant, tu me passes un coup de fil, ça me fera plaisir de t'aider. Tu as le numéro, *yak* ? »

Et elle s'en alla.

En face de Sarah, il n'y avait plus que la tête mutilée du mouton et les bonnes, interdites, qui la regardaient. C'était difficile de ne pas pleurer, avec cette satanée fumée de viande grillée qui lui piquait les yeux. Et aussi le claquement des couteaux, un petit peu, et puis les rires dehors, et ces gens mieux qu'elle qui ne la regardaient pas, et les moutons décapités sur le billard où avec Driss, elle avait fait l'amour, leurs yeux en forme de gouttes, et l'odeur des entrailles, et, dans les siennes, le bébé, le bébé qui allait bien finir par naître et ce serait elle, maintenant, qui traînerait sa môme sur le canapé de Rita la folle qui faisait la voyance, ce serait bientôt elle, peut-être, la pute obèse de Hay Mohammadi. Doucement, doucement, murmura la bonne près d'elle en lui caressant le dos. Apporte-lui un verre d'eau, lança-t-elle à sa voisine – et elle la conduisit vers l'un des gros canapés gris.

Buvant son verre de Sidi Ali les yeux humides, la bonne toujours près d'elle, Sarah voyait Driss à travers la baie vitrée, timidement assis avec les hommes, toussant chaque fois qu'il inhalait la fumée de leurs cigares. Il se tenait un instant droit, poitrine haute, et la seconde d'après, comme parcouru d'une inquiétude, ses épaules retombaient comme le soir où, seul sur la banquette de La Notte, il buvait une menthe à l'eau. Ça va aller, ma fille, ça va aller, répétait la bonne en caressant les cheveux de Sarah. Elle lui dit alors qu'il ne fallait pas pleurer, que, franchement, elle ne ratait rien ; qu'elle aussi, quand elle avait été embauchée dans cette famille, elle avait sauté de joie – elle avait cru, disait-elle, que ce serait la fin de la galère, elle qui avant dormait à même le sol, dans la cuisine d'une famille du Maarif qui ne la payait même pas ; l'autre bonne, le fils de la famille l'avait violée juste à côté d'elle. J'avais tellement peur que je claquais des dents. Mais ici, c'est pas mieux, tu sais, c'est partout pareil. Tu crois qu'on est mieux ici juste parce que c'est des riches ? Le père hurle pire que les hommes de ma rue à Hay Hassani, sa femme se fait tabasser si elle raie la voiture, et gare à celui qui ne suit pas le chemin qu'ils veulent ; Driss, il se faisait frapper à la ceinture quand il était petit parce qu'il voulait regarder *Marimar* avec moi en m'aidant à écosser les petits pois. Vraiment, ma fille, c'est comme ça ici comme c'est partout, dans ce pays ; il y a toujours quelqu'un qui est là pour te dominer. Dominer, je te jure, on dirait que c'est la langue nationale. Moi, si j'étais à ta place, si j'avais le passeport, je prendrais un avion, j'irais en France. Il paraît que, là-bas, tous les gens sont égaux. Tu te rends compte ? Là-bas, les gens sont égaux.

33

Un garçon lui avait dit qu'ailleurs, très loin, il y avait des sables qui étaient doux comme du velours et blancs comme des nuages, et il avait parlé des coquillages et de l'odeur du sel, et d'une musique du bruit des vagues ; elle ne l'avait pas cru. Elle lui avait dit : allez, arrête avec tes conneries, et il avait répondu : mais si, je te jure sur la vie de ma mère que c'est vrai, leur sable, là-bas, c'est comme de la farine Maymouna. C'est mon cousin qui m'a raconté, continuait-il, il est allé en Amérique. Ferme ta gueule, lui avait dit Sarah. Ce n'était pas possible de le laisser balancer des choses pareilles. Si ce qu'il disait était vrai, ça ferait trop mal – il devait bien le savoir, cet idiot, que le sable dans lequel on est né, on ne peut pas le changer.

À écrire sur son carnet à même le sable dégueulasse de la plage 56, Driss était encore plus idiot que le petit des Carrières et ses histoires de farine et d'Amérique ; il fallait bien l'être pour ne pas une seule fois lever les yeux vers elle. C'était comme si jamais de la vie ils n'avaient été côte à côte dans le noir de leur petite maison à boire du Pom's en silence, comme si lui, avec ses yeux, sa peau de lait, son nez crochu et sa Rolex, n'avait jamais été son frère à elle et sa peau de terre cuite, et sa robe cousue – son jumeau, si précisément inversé que, pendant six mois, au milieu de leurs peaux collées qui étaient l'horizon, elle avait été lui, il avait été elle. Connard, sifflait Sarah entre ses dents chaque fois qu'une vague grondait suffisamment pour couvrir son murmure.

Chirine l'avait prévenue en arrivant : Driss faisait la gueule. S'il avait pu, il ne serait pas venu à la plage avec eux. C'était qu'Alain avait insisté des heures, allez, mon pote, pour moi, fais ça pour moi, pour bien me dire au revoir – il se barrait, ça y est. Il avait fait toutes les démarches auprès de l'Agence juive qui lui avait payé le billet d'avion pour Israël – lui qui est jamais allé plus loin que Laayoune, t'imagines, soupira Chirine. Alors une semaine après l'Aïd, il avait invité tout le monde à venir rouler des joints sur la plage 56, une dernière fois ; Yaya avait apporté du kif qu'il leur faisait gratuit et même un peu de karkoubi, alors que ça faisait deux mois qu'il criait à qui voulait l'entendre qu'il n'en filerait plus jamais à Alain – il ne pouvait plus supporter de voir ses dents tomber. C'est bon, avait-il dit en lui glissant le pochon de pilules sous sa serviette de plage, c'est pas en Israël que t'en trouveras, de la came comme ça. Maintenant, en lançant ses pierres dans l'Atlantique, il répétait :

c'est toi qui as raison, mec. C'est toi qui as raison de te tailler de ce pays de merde. Driss, lui, s'était mis à battre des cartes pour sa partie de solitaire ; que Sarah, à un mètre de lui, soit allongée sur le ventre façon actrice américaine ou pas, il n'en avait rien à foutre.

Il avait vu qu'elle pleurait sur le canapé de la petite maison, le jour de l'Aïd. Il s'en était fallu d'une seule seconde ; celle où ses yeux rouges à elle s'étaient posés sur lui, toujours assis avec les hommes, un cigare éteint désormais dans sa bouche, et où, au même instant, ayant frotté une allumette et l'élevant vers son visage, il avait passé un regard sur la baie vitrée. Voyant les larmes de Sarah couler, il était d'abord resté stupéfait, le cigare déclinant vers son menton, l'allumette s'embrasant entre son pouce et son index – la flamme ondulante semblait la saluer. Derrière la vitre, en hoquetant un peu, elle avait répondu par un signe de la main.

On va pas y arriver, tu le sais qu'on va pas y arriver, avait-elle répété sous le préau, où immédiatement ils s'étaient retrouvés. Elle s'était adossée contre les boîtes de Tide. Du bout de sa sandale, elle dessinait des traces noires sur le carrelage humide et rosi par le sang ; Driss suivait du regard le mouvement de son pied. Ça sentait le faux jasmin de la lessive et les entrailles de mouton et on entendait les splash des gosses qui sautaient dans la piscine.

Lorsqu'elle avait rapporté les paroles de sa mère, il avait écouté l'air épouvanté, respirant bruyamment par le nez, de plus en plus vite, à la manière d'un bœuf qui va bientôt mourir. Mais, avait-il balbutié après un temps, c'est pas grave, je pourrais travailler. Elle avait fait non de la tête. Si, avait-il enchaîné, soudain regonflé de courage, je vais appeler Alain, je peux faire de l'immobilier. C'est pas difficile, ce qu'il fait, il m'apprendra, et je gagnerai du fric, et on prendra un appartement tous les deux et on élèvera le bébé. De gauche à droite, Sarah balançait son visage de reine. Non, soufflait-elle. D'accord, disait-il, d'accord, je te prendrai un appartement d'abord, mais après, je t'achèterai une maison. Je gagnerai plein d'argent, tout l'argent que tu veux, et d'abord on aura un appartement mais ensuite on aura une maison, je te jure, je te le jure qu'on aura une maison. Sarah gardait les yeux baissés. Non, avait-elle répondu encore. Alors Driss s'était mis à pleurer. Je te jure, je te jure, une maison, je te promets, je te promets que je vais y arriver. Il pleurait comme un fou. Elle avait embrassé ses joues trempées, ses lèvres trébuchant sur les cratères de sa peau à chaque sanglot. Je te jure, je te jure, il disait. Elle était partie quelques secondes après, le laissant geindre de tristesse, son corps plié en deux devant les boîtes de Tide et ses cascades d'Ouzoud se déversant sur le carrelage et effaçant bientôt, peut-être, pensait-elle en courant vers la porte, les dessins à la crasse des sandales en cuir neuves qu'il lui avait achetées.

Ils ne s'étaient plus revus. Le lundi suivant, Sarah avait repris ses deux heures de marche jusqu'au lycée depuis Hay Mohammadi ; et ce fut à nouveau, au niveau de la gare Casa Voyageurs, les gars à mobylette qui cheminaient sur les trottoirs, clope à la bouche, et qui tapaient comme des malades sur la sonnette quand les piétons leur barraient le passage. Pour avancer, elle se faufilait entre les bagnoles coincées sur la chaussée ; il y avait les flics au milieu du carrefour, en sueur dans leur uniforme, les joues cramoisies, qui sifflaient frénétiquement en battant des bras. La voyant, ils laissaient tomber le sifflet tenu entre leurs dents, et c'étaient ces dents jaunes que Sarah voyait s'agiter devant elle alors qu'ils souriaient, oh, elle fait quoi la gazelle là, t'as perdu ton chemin ou quoi, viens nous voir, approche-toi, pourquoi t'as peur ; des dents jaunes sous leurs babines retroussées, jaunes comme le champ de tournesols derrière le parc Sindibad qu'elle avait vu défiler sur la moto avec Driss comme dans un film de cinéma. Ces tournesols-là, pleins de tartre sous les gencives, ne défilaient cette fois pas plus vite que le rythme de ses sandales en marche qui accéléraient, accéléraient, et durent se mettre à courir lorsqu'elle sentit la main chaude d'un flic tenter de l'attraper par les hanches. Salope, entendait-elle alors que, hors d'haleine, elle dévalait le boulevard Mohammed V.

Au lycée, elle s'était planquée derrière un arbre du bâtiment K pour fumer une cigarette achetée au détail à un gosse des rues ; partout dans la cour, des filles aux cheveux lissés chez le coiffeur avaient la peau brunie par leur week-end au Sun ou au golf d'Anfa, et mouchetée par endroits de traces plus pâles – entre les clavicules, où s'était placé leur collier plaqué or pendant qu'elles dormaient au soleil, et autour du poignet, celui où elles portaient leur Rolex. Sarah les observait les yeux ronds. Depuis son départ de chez Driss quelques jours plus tôt, depuis la seconde où elle avait passé la porte et déambulé, seule pour la première fois depuis des mois, dans les rues vides d'Anfa Supérieur, il lui avait semblé qu'elle avait eu ces yeux-là ; des yeux écarquillés et secs, qui clignaient lentement devant le monde étrange, comme les yeux d'un myope soudain affublé de lunettes. Il n'était plus près d'elle.

C'est pas lui, disait Yaya, alors qu'elle bondissait au bruit d'une moto, assise sur le trottoir devant Jus Ziraoui. Tous les jours, elle se pointait là où Yaya était, au café-billard, sur son trottoir en train de fumer, et elle se foutait à côté de lui. Qu'est-ce que t'as à me coller comme ça, là, bouge, il disait ; mais elle ne bougeait pas et il s'habituait. Il en fallait bien une autre, de peau, quand on a eu six mois durant un Driss collé à soi qui était l'horizon et qui faisait barrière au monde – juste de temps en temps, pour se souvenir de ce que ça faisait, même si Yaya sentait le thon et que ça, ça la faisait encore plus pleurer. Oh, ça suffit de chialer, là, lui lançait-il en lui secouant les cheveux – elle était si près de lui qu'une de ses boucles lui entra dans le nez, et il éternua. C'est un bon gars, Driss, continuait-il en étalant sur le trottoir la morve dans la paume de sa main, mais t'allais pas vivre une vie pareille juste parce que c'est un bon gars. Avec la gueule que t'as, tu trouveras un autre riche, peut-être un peu moins riche, mais ce sera déjà mieux que de galérer avec un gosse dans le centre-ville, comme tout le monde. Une maison quartier du CIL, ce serait bien non ? Avec ta gueule, c'est sûr que tu pourrais avoir une maison au CIL. Tu m'inviteras, hein ? C'était Yaya qui lui avait fait passer le papier pour l'avortement à la Clinique des camélias. Driss, avait-il raconté, avait fait une crise à ses parents pour qu'ils prennent rendez-vous dans une vraie clinique et pas dans la salle de bains d'une guérisseuse dont ils avaient entendu parler, qui était aussi esthéticienne au Maarif. Ça coûte une blinde à la clinique, avait dit Yaya, dix mille dirhams pour qu'ils te le fassent passer pour une appendicite. T'auras presque aucune chance de crever, c'est ça qui est pas mal, franchement. Le rendez-vous était le lundi suivant, le lendemain de la plage 56 pour le départ d'Alain.

Après la plage 56, ils s'étaient tous dit au

revoir – Alain les avait serrés fort les uns après les autres, son haleine de tabac soufflant dans leurs oreilles, vous allez me manquer, mes frères, vous allez me manquer. Chirine s'était mise sur le côté, face à la mer, pour ne pas le regarder faire ; sa peau baignait dans la lumière rouge du soleil qui lui donnait, avec ses cheveux longs, l'air d'une Indienne. Ils étaient montés ensemble dans le taxi vers Anfa Supérieur et c'était peu après que Driss était retourné, sans lancer un regard à Sarah, vers le parking du McDonald's où sa moto était garée.

Sous la nuit qui tombait, elle avait traversé le quartier Gauthier, puis tourné vers Derb Omar au niveau de la place des Nations-Unies ; elle avait longé le port de pêche qui sentait partout la sardine. Les pêcheurs attachaient leurs barques au quai, leur petite casquette blanche encore vissée sur la tête alors que le soleil s'était tapi derrière la mer depuis une heure. Driss n'aurait pas pu sentir tous les jours l'odeur de ces sardines. Il n'aurait pas pu, pensait Sarah en avançant, supporter les opercules de yaourts collés sur les trottoirs qui l'auraient fait glisser, et les files d'attente dans les administrations, avec les gens agglutinés derrière la vitre, mourant de chaud les uns contre les autres, pendant que le fils d'un homme d'affaires ayant fait fortune dans les conserves de maïs leur serait passé devant, serrant chaleureusement la main de l'employé du service. Il se serait un jour peut-être cassé la jambe dans une collision à moto, et on l'aurait soigné à l'hôpital public, avec douze autres infirmes dans le couloir, hurlant parce que le ministère n'a pas assez de fric pour fournir des analgésiques. Il aurait travaillé et on l'aurait volé, comme on vole les pauvres, et il n'aurait rien dit ; on ne dit rien à un riche qui, la veille, dînait avec le juge. Et il serait devenu fou, comme tous les pauvres de Casa devenaient fous, à se castagner les uns les autres de désespoir, à cracher sur les femmes dans la rue et à rêver du sable de l'Amérique ; fou comme elle était folle d'être tombée enceinte. Mais il ne voyait pas tout ça. La vérité de Driss, c'était que, là-haut sur sa colline, à réparer ses montres sur un billard d'Anfa, il était le seul riche à ne pas avoir voulu voir la guérilla qui avait lieu en bas, cette guérilla de maîtres et d'esclaves que son père, sa mère, Badr, Chirine et tous les autres savamment entretenaient, plus fous encore que les fous dans les rues, eux qui craignaient hystériquement tout ce qui pouvait détruire l'équilibre de leurs royaumes. Badr se marrait quand Driss, ivre au 17 Étages après La Notte, demandait encore et encore pourquoi le gars qui leur servait les quiches était un petit de douze ans, et pourquoi ses yeux étaient toujours injectés de sang, et pourquoi il n'allait pas à l'école, et pourquoi il dormait ici, là, sur le sol de la boulangerie, quand les clients rentraient dans leurs villas d'Anfa. Mais c'est ici sa maison, imbécile, disait Badr, et tout le monde riait, la bouche pleine de pâte feuilletée et de fromage, et pensait encore qu'il était quand même sacrément timbré, ce Driss, à ne jamais rien comprendre à comment les choses marchaient. Il était le dernier à n'avoir pas sombré dans la démence d'ici.

Elle avait atteint la maison ; derrière le grillage, Abdellah lui avait sifflé quelques formules bien senties quand il l'avait vue arriver, et il avait continué à la provoquer, alors qu'elle claquait la porte de chez elle, en criant les paroles obscènes d'une chanson du quartier dont il modifiait certains mots pour y glisser son prénom. Normalement, elle répondait plus fort et ils pouvaient passer une heure à s'envoyer des insultes en se marrant ; cette fois, elle avait monté le son de la télé pour couvrir sa voix. Elle n'entendait rien d'autre, de toutes les façons, que le sable de la plage 56 qui craquait dans ses cheveux quand elle les enroulait nerveusement autour de son index, et qui rythmait, grain après grain, sa pensée unique, en boucle dans sa tête : demain, à la Clinique des camélias, tout serait fini. Alors, au son de sa pensée, des grains du sable de la plage 56, des insultes d'Abdellah et de l'hymne national qui passait sur 2M, avec un montage du drapeau rouge du Maroc remuant au vent, elle pleura encore, comme elle avait pleuré tous les jours de devoir vivre sans lui. Mais elle savait mieux que tout le monde que, dans ce pays, on ne pouvait vivre ni digne ni libre quand on est pauvre, et peut-être Driss pensait-il que chez les riches non plus, on n'était pas libre et on n'était pas digne, pliant comme il pliait sous la violence de ses pairs, et qu'il n'aurait pas de regrets à les quitter. Mais il ne voyait pas l'éclatante vérité : les chaînes qui nous ligotent, il vaut mieux les porter autour du poignet, en plaqué or.

C'était lui qui avait appelé sur le téléphone qu'il avait fixé, quelques semaines plus tôt, au mur à côté du frigo, et qui était orange comme un verre de Fanta. Il avait dit si on t'appelle, tu ne paies rien, et si tu appelles, c'est moi qui réglerai la facture ; mais Monique ne comprenait pas comment les gens de la Maroc Telecom pouvaient savoir qui appelait qui, et elle disait que c'était un coup à se faire plumer et que c'était bien pour ça qu'elle n'avait jamais voulu mettre le téléphone chez elle. Elle n'avait donné le numéro à personne. Sarah, elle, l'avait donné à tout le monde, même à Yaya qui répétait qu'il fallait être dingue pour avoir un truc pareil chez soi – ça peut sonner à tout moment, il disait, comme ça, sans prévenir, tu te rends compte ? Lui, il se postait une heure par jour dans la cabine téléphonique du boulevard Zerktouni pour prendre ses appels, et ça lui allait bien. Sarah n'avait pas le droit de l'appeler à la cabine pour ne pas le déranger dans son travail, mais de temps en temps, c'était lui qui lui téléphonait parce qu'il savait que ça lui faisait plaisir. Chaque fois qu'elle rentrait, elle s'asseyait en tailleur au pied du frigo, elle attendait que ça sonne. Parfois c'était Yaya qui disait : c'est bon, j'ai appelé sur ton foutu téléphone, t'es contente ? Parfois aussi, c'était Chirine, qui se plaignait d'Alain tellement longtemps que Monique se mettait à hurler : mais putain, raccroche, t'as cru qu'on était de la famille royale ou quoi ? Mais le mieux, c'était quand le combiné ne sonnait pas. Sarah se levait la nuit pour le contempler alors qu'il dormait, brillant et orange sur le mur décrépi, portant en lui toutes les voix du monde, jusqu'en Amérique, et la reliant à elles, si neuf qu'il effaçait autour la moisissure et l'odeur des poubelles ; et à sa bouche entrouverte d'admiration, elle portait le goulot d'une bouteille de Fanta.

Il y avait eu les tout derniers mots de l'hymne national à la télé – *Allah, Al Watan, Al Malik*, Dieu, la Patrie, le Roi –, et un moment succinct de silence avant le film du dimanche soir ; la sonnerie avait retenti à cet instant-là. Allô ? avait-elle dit, la voix enrouée. Il avait parlé d'un seul souffle. Il n'avait pas dit c'est moi, c'est Driss ; il avait dit tout de suite : c'est demain, à dix heures, au cas où tu t'en souviendrais pas, et il ne faut pas être en retard, et c'est le docteur Bennani qu'il faut que tu demandes. Je me souviens, avait-elle répondu. Alors il avait dit : si tu veux, je peux t'envoyer mon chauffeur, mais ce sera lui qui t'emmènera, pas moi, et si tu veux, il te raccompagnera chez toi, mais ce sera lui qui te raccompagnera, pas moi, moi je ferai autre chose, j'ai autre chose à faire. Elle avait dit d'accord.

Il avait dit voilà. Et ensuite il y avait eu derrière elle le générique du film égyptien où les femmes s'évanouissaient et où les hommes étaient des boxeurs, et puis plus rien. Alors elle lui avait dit : on peut faire un tour à moto, si tu veux.

Ça s'était passé comme ça. Il était venu la chercher, comme avant, et elle était montée derrière lui sur la moto. Ils avaient roulé tous les deux sur la Corniche en dépassant Aïn Diab, avec le sel de l'eau qui leur giflait les joues, et tout à coup ils étaient à Tamaris, et soudain encore plus au sud, devant les forêts d'eucalyptus d'Azemmour qui sentaient, avec le vent, le parfum de Giorgio Armani. Et alors qu'ils avançaient sans but, il criait dans son oreille, regarde, regarde comme on est libres ; on peut faire ce qu'on veut, ce qu'on veut. En une heure, ils avaient atteint El Jadida, et ils avaient roulé dans la cité fortifiée, entre les bastions et les remparts, au milieu desquels, de temps en temps, deux ou trois gosses des rues jouaient au ballon, à peine éclairés par la lune. Dans les rues étroites, la moto devait ralentir, minuscule dans la forteresse immense dont on ne savait plus très bien où était la sortie, et s'il y en avait une. Un instant, ils crurent sentir plus vive l'odeur de l'iode sur la droite, alors ils la suivirent, se réjouissant de constater à mesure qu'ils avançaient que la terre sous les roues était de plus en plus humide, que la mer, peut-être, était proche ; mais après quelques mètres, ils virent se dresser devant eux une grille, grande et rouillée, contre laquelle l'eau venait cogner puis s'évanouir, et qui les gardait enfermés. Driss ne parlait plus ; il avait fait demi-tour et cheminait dans les dédales, alors c'était elle qui avait chuchoté : on ne peut pas faire ce qu'on veut, tu sais. Il avait hoqueté, essuyé sa joue d'un coup sec. Il avait continué à chercher en silence la fin de la citadelle, et, en attendant, elle avait caressé son visage humide, les cratères et les dunes qu'elle connaissait par cœur et sur lesquels, du bout du doigt, elle pouvait dessiner le chemin qu'elle aurait pris avec lui, son seul ami, son frère, s'il n'y avait pas eu autour d'eux tant de murs. Driss tourna sur la gauche et soudain, victoire, ce fut la sortie, à nouveau la route infinie au bord de l'Atlantique. Et ils roulèrent encore. Une heure, deux heures peut-être, plus rapides que le temps de toutes les Rolex, Driss parfois s'arrêtant pour sangloter, et puis négocier, mais si, on peut y arriver, écoute-moi, je te dis qu'on y arrivera, et elle embrassant ses yeux mouillés au goût salé de thym, qui bientôt partiraient avec les tajines de bœuf dans des villas aux murs d'or, avec le mariage sur les plateaux, avec les vitres teintées de la Rolls-Royce, loin des flics et des voleurs. Il reniflait, puis ils reprenaient la route.

Ils s'étaient arrêtés au milieu de la nuit entre Bedouzza et Safi, à quatre heures au sud de Casa. La côte était bordée de grandes falaises comme on n'en voit jamais au Maroc, et ils étaient restés là, en hauteur, enlacés sur la moto comme un roi et une reine ; ils entendaient les vagues se casser sous leurs pieds. Je le sais que t'as raison, avait dit Driss. Ses larmes avaient séché, ses mains tenaient le guidon, et il fixait le bout de l'eau sombre, cette eau sale pleine de bouteilles en plastique et de faux corps noyés tués par les Benchekroun. Ouais, avait soupiré Sarah ; elle l'enlaçait, sa tête nichée sur son épaule et sa peau de terre cuite collée à sa peau de lait, exactement comme il fallait. Et puis Driss avait dit : tu sais, on peut foncer aussi. Elle avait dit : foncer ? Il n'avait pas détaché les yeux de l'horizon. Ouais foncer, là, dans l'eau, dans l'Atlantique. Et il avait tourné le regard vers elle.

« Au pire, on se noie. Au mieux, on arrive en Amérique. »

DE LA MÊME AUTRICE

Aux Éditions Gallimard

AUSSI RICHE QUE LE ROI, 2021. Prix Françoise Sagan 2022 (Folio n° 7114)

COLLECTION FOLIO

Dernières parutions

7003. Collectif	*À nous la Terre !*
7004. Dave Eggers	*Le moine de Moka*
7005. Alain Finkielkraut	*À la première personne*
7007. C. E. Morgan	*Tous les vivants*
7008. Jean d'Ormesson	*Un hosanna sans fin*
7009. Amos Oz	*Connaître une femme*
7010. Olivia Rosenthal	*Éloge des bâtards*
7011. Collectif	*Écrire Marseille.* 15 grands auteurs célèbrent la cité phocéenne
7012. Fédor Dostoïevski	*Les Nuits blanches*
7013. Marguerite Abouet et Clément Oubrerie	*Aya de Yopougon 5*
7014. Marguerite Abouet et Clément Oubrerie	*Aya de Yopougon 6*
7015. Élisa Shua Dusapin	*Vladivostok Circus*
7016. David Foenkinos	*La famille Martin*
7017. Pierre Jourde	*Pays perdu*
7018. Patrick Lapeyre	*Paula ou personne*
7019. Albane Linÿer	*J'ai des idées pour détruire ton ego*
7020. Marie Nimier	*Le Palais des Orties*
7021. Daniel Pennac	*La loi du rêveur*
7022. Philip Pullman	*La Communauté des esprits. La trilogie de la Poussière II*
7023. Robert Seethaler	*Le Champ*
7024. Jón Kalman Stefánsson	*Lumière d'été, puis vient la nuit*
7025. Gabrielle Filteau-Chiba	*Encabanée*
7026. George Orwell	*Pourquoi j'écris* et autres textes politiques

7056. Laurence Sterne — *Voyage sentimental en France et en Italie*
7057. Nicolas de Condorcet — *Conseils à sa fille* et autres textes
7058. Jack Kerouac — *La grande traversée de l'Ouest en bus* et autres textes beat
7059. Albert Camus — *« Cher Monsieur Germain,... »* Lettres et extraits
7060. Philippe Sollers — *Agent secret*
7061. Jacky Durand — *Marguerite*
7062. Gianfranco Calligarich — *Le dernier été en ville*
7063. Iliana Holguín Teodorescu — *Aller avec la chance*
7064. Tommaso Melilli — *L'écume des pâtes*
7065. John Muir — *Un été dans la Sierra*
7066. Patrice Jean — *La poursuite de l'idéal*
7067. Laura Kasischke — *Un oiseau blanc dans le blizzard*
7068. Scholastique Mukasonga — *Kibogo est monté au ciel*
7069. Éric Reinhardt — *Comédies françaises*
7070. Jean Rolin — *Le pont de Bezons*
7071. Jean-Christophe Rufin — *Le flambeur de la Caspienne. Les énigmes d'Aurel le Consul*
7072. Agathe Saint-Maur — *De sel et de fumée*
7073. Leïla Slimani — *Le parfum des fleurs la nuit*
7074. Bénédicte Belpois — *Saint Jacques*
7075. Jean-Philippe Blondel — *Un si petit monde*
7076. Caterina Bonvicini — *Les femmes de*
7077. Olivier Bourdeaut — *Florida*
7078. Anna Burns — *Milkman*
7079. Fabrice Caro — *Broadway*
7080. Cecil Scott Forester — *Le seigneur de la mer. Capitaine Hornblower*
7081. Cecil Scott Forester — *Lord Hornblower. Capitaine Hornblower*
7082. Camille Laurens — *Fille*

7114. Abigail Assor — *Aussi riche que le roi*
7115. Aurélien Bellanger — *Téléréalité*
7116. Emmanuel Carrère — *Yoga*
7117. Thierry Laget — *Proust, prix Goncourt. Une émeute littéraire*
7118. Marie NDiaye — *La vengeance m'appartient*
7119. Pierre Nora — *Jeunesse*
7120. Julie Otsuka — *Certaines n'avaient jamais vu la mer*
7121. Yasmina Reza — *Serge*
7122. Zadie Smith — *Grand Union*
7123. Chantal Thomas — *De sable et de neige*
7124. Pef — *Petit éloge de l'aéroplane*
7125. Grégoire Polet — *Petit éloge de la Belgique*
7126. Collectif — *Proust-Monde. Quand les écrivains étrangers lisent Proust*
7127. Victor Hugo — *Carnets d'amour à Juliette Drouet*
7128. Blaise Cendrars — *Trop c'est trop*
7129. Jonathan Coe — *Mr Wilder et moi*
7130. Jean-Paul Didierlaurent — *Malamute*
7131. Shilpi Somaya Gowda — *« La famille »*
7132. Elizabeth Jane Howard — *À rude épreuve. La saga des Cazalet II*
7133. Hédi Kaddour — *La nuit des orateurs*
7134. Jean-Marie Laclavetine — *La vie des morts*
7135. Camille Laurens — *La trilogie des mots*
7136. J.M.G. Le Clézio — *Le flot de la poésie continuera de couler*
7137. Ryoko Sekiguchi — *961 heures à Beyrouth (et 321 plats qui les accompagnent)*
7138. Patti Smith — *L'année du singe*
7139. George R. Stewart — *La Terre demeure*
7140. Mario Vargas Llosa — *L'appel de la tribu*
7141. Louis Guilloux — *O.K., Joe !*
7142. Virginia Woolf — *Flush*
7143. Sénèque — *Tragédies complètes*

7144.	François Garde	*Roi par effraction*
7145.	Dominique Bona	*Divine Jacqueline*
7146.	Collectif	*SOS Méditerranée*
7147.	Régis Debray	*D'un siècle l'autre*
7148.	Erri De Luca	*Impossible*
7149.	Philippe Labro	*J'irais nager dans plus de rivières*
7150.	Mathieu Lindon	*Hervelino*
7151.	Amos Oz	*Les terres du chacal*
7152.	Philip Roth	*Les faits. Autobiographie d'un romancier*
7153.	Roberto Saviano	*Le contraire de la mort*
7154.	Kerwin Spire	*Monsieur Romain Gary. Consul général de France*
7155.	Graham Swift	*La dernière tournée*
7156.	Ferdinand von Schirach	*Sanction*
7157.	Sempé	*Garder le cap*
7158.	Rabindranath Tagore	*Par les nuées de Shrâvana* et autres poèmes
7159.	Urabe Kenkô et Kamo no Chômei	*Cahiers de l'ermitage*
7160.	David Foenkinos	*Numéro deux*
7161.	Geneviève Damas	*Bluebird*
7162.	Josephine Hart	*Dangereuse*
7163.	Lilia Hassaine	*Soleil amer*
7164.	Hervé Le Tellier	*Moi et François Mitterrand*
7165.	Ludmila Oulitskaïa	*Ce n'était que la peste*
7166.	Daniel Pennac	*Le cas Malaussène I Ils m'ont menti*
7167.	Giuseppe Santoliquido	*L'été sans retour*
7168.	Isabelle Sorente	*La femme et l'oiseau*
7169.	Jón Kalman Stefánsson	*Ton absence n'est que ténèbres*
7170.	Delphine de Vigan	*Jours sans faim*
7171.	Ralph Waldo Emerson	*La Nature*
7172.	Henry David Thoreau	*Sept jours sur le fleuve*
7173.	Honoré de Balzac	*Pierrette*
7174.	Karen Blixen	*Ehrengarde*
7175.	Paul Éluard	*L'amour la poésie*
7176.	Franz Kafka	*Lettre au père*

7177. Jules Verne — *Le Rayon vert*
7178. George Eliot — *Silas Marner. Le tisserand de Raveloe*
7179. Gerbrand Bakker — *Parce que les fleurs sont blanches*
7180. Christophe Boltanski — *Les vies de Jacob*
7181. Benoît Duteurtre — *Ma vie extraordinaire*
7182. Akwaeke Emezi — *Eau douce*
7183. Kazuo Ishiguro — *Klara et le Soleil*
7184. Nadeije Laneyrie-Dagen — *L'étoile brisée*
7185. Karine Tuil — *La décision*
7186. Bernhard Schlink — *Couleurs de l'adieu*
7187. Gabrielle Filteau-Chiba — *Sauvagines*
7188. Antoine Wauters — *Mahmoud ou la montée des eaux*
7189. Guillaume Aubin — *L'arbre de colère*
7190. Isabelle Aupy — *L'homme qui n'aimait plus les chats*
7191. Jean-Baptiste Del Amo — *Le fils de l'homme*
7192. Astrid Eliard — *Les bourgeoises*
7193. Camille Goudeau — *Les chats éraflés*
7194. Alexis Jenni — *La beauté dure toujours*
7195. Edgar Morin — *Réveillons-nous !*
7196. Marie Richeux — *Sages femmes*
7197. Kawai Strong Washburn — *Au temps des requins et des sauveurs*
7198. Christèle Wurmser — *Même les anges*
7199. Alix de Saint-André — *57 rue de Babylone, Paris 7e*
7200. Nathacha Appanah — *Rien ne t'appartient*
7201. Anne Guglielmetti — *Deux femmes et un jardin*
7202. Lawrence Hill — *Aminata*
7203. Tristan Garcia — *Âmes. Histoire de la souffrance I*
7204. Elsa Morante — *Mensonge et sortilège*
7205. Claire de Duras — *Œuvres romanesques*
7206. Alexandre Dumas — *Les Trois Mousquetaires. D'Artagnan*
7207. François-Henri Désérable — *Mon maître et mon vainqueur*
7208. Léo Henry — *Hildegarde*

7209.	Elizabeth Jane Howard	*Confusion. La saga des Cazalet III*
7210.	Arthur Larrue	*La diagonale Alekhine*
7211.	Hervé Le Tellier	*Inukshuk, l'homme debout*
7212.	Jean-Christophe Rufin	*La princesse au petit moi. Les énigmes d'Aurel le Consul*
7213.	Yannick Bestaven	*Mon tour du monde en 80 jours*
7214.	Hisham Matar	*Un mois à Sienne*
7215.	Paolo Rumiz	*Appia*
7216.	Victor Hugo	*Préface de* Cromwell
7217.	François-René de Chateaubriand	*Atala* suivi de *René*
7218.	Victor Hugo	*Le Rhin*
7219.	Platon	*Apologie de Socrate*
7220.	Maurice Merleau-Ponty	*Le doute de Cézanne*
7221.	Anne Delaflotte Mehdevi	*Le livre des heures*
7222.	Milena Busquets	*Gema*
7223.	Michel Butor	*Petite histoire de la littérature française*
7224.	Marie Darrieussecq	*Pas dormir*
7225.	Jacky Durand	*Plus on est de fous plus on s'aime*
7226.	Cecil Scott Forester	*Hornblower aux Antilles. Capitaine Hornblower*
7227.	Mia Kankimäki	*Ces héroïnes qui peuplent mes nuits*
7228.	François Noudelmann	*Les enfants de Cadillac*
7229.	Laurine Roux	*L'autre moitié du monde*
7230.	Robert Seethaler	*Le dernier mouvement*
7231.	Gilbert Sinoué	*Le Bec de Canard*
7232.	Leïla Slimani	*Regardez-nous danser. Le pays des autres, 2*
7233.	Jack London	*Le Loup des mers*
7234.	Tonino Benacquista	*Porca miseria*
7235.	Daniel Cordier	*La victoire en pleurant. Alias Caracalla 1943-1946*
7236.	Catherine Cusset	*La définition du bonheur*

7237.	Kamel Daoud	*Meursault, contre-enquête*
7238.	Marc Dugain	*La volonté*
7239.	Alain Finkielkraut	*L'après littérature*
7240.	Raphaël Haroche	*Une éclipse*
7241.	Laura Kasischke	*À Suspicious River*
7242.	Étienne Kern	*Les envolés*
7243.	Alexandre Labruffe	*Wonder Landes*
7244.	Virginie Ollagnier	*Ils ont tué Oppenheimer*
7245.	John Steinbeck	*Des souris et des hommes*
7246.	Collectif	*La poésie à vivre. Paroles de poètes*
7247.	Gisèle Halimi	*Plaidoirie pour l'avortement*
7248.	Gustave Flaubert	*Récits de jeunesse*
7249.	Santiago H. Amigorena	*Le premier exil*
7250.	Fabrice Caro	*Samouraï*
7251.	Raphaël Confiant	*La muse ténébreuse de Charles Baudelaire*
7252.	Annie Ernaux	*L'autre fille*
7253.	Margaret Kennedy	*Le festin*
7254.	Zoé Oldenbourg	*Argile et cendres*
7255.	Julie Otsuka	*Quand l'empereur était un dieu*
7256.	Pascal Quignard	*L'amour la mer*
7257.	Salman Rushdie	*Grimus*
7258.	Antoine Wauters	*Le musée des contradictions*
7259.	Nathalie Azoulai	*La fille parfaite*
7260.	Claire Castillon	*Son empire*
7261.	Sophie Chauveau	*Journal intime de la Vierge Marie*
7262.	Éric Fottorino	*Mohican*
7263.	Abdulrazak Gurnah	*Paradis*
7264.	Anna Hope	*Le Rocher blanc*
7265.	Maylis de Kerangal	*Canoës*
7266.	Anaïs LLobet	*Au café de la ville perdue*
7267.	Akira Mizubayashi	*Reine de cœur*
7268.	Ron Rash	*Une terre d'ombre*
7269.	Yasmina Reza	*Théâtre II*
7270.	Emmanuelle Salasc	*Hors gel*

*Tous les papiers utilisés pour les ouvrages
des collections Folio sont certifiés
et proviennent de forêts gérées durablement.*

*Composition : Soft Office
Impression Novoprint
à Barcelone, le 15 novembre 2023
Dépôt légal : novembre 2023
1er dépôt légal dans la collection : août 2022*

ISBN 978-2-07-297747-3 / Imprimé en Espagne

627943